LE MONDE EST FATIGUÉ

DU MÊME AUTEUR

—

ROMANS

Le Cul entre deux chaises. Delphine Montalant, 2002.
Nouvelle édition revue, BSN Press, 2014.

Banana Spleen. Delphine Montalant, 2006.
Nouvelle édition revue, BSN Press, 2018.

Remington. Fayard, 2008.

Lonely Betty. Finitude, 2010. (Grand Prix du roman noir français)
Nouvelle édition illustrée par Thomas Ott, Finitude, 2023.

220 Volts. Fayard, 2011.

Trash Circus. Parigramme, 2012.

Misty. Baleine, 2013.

Aller simple pour Nomad Island. Seuil, 2014.

Derrière les panneaux, il y a des hommes. Finitude, 2015. (Grand Prix de littérature policière)

Permis C. BSN Press, 2016. (Prix du roman des Romands)

Chaleur. Finitude, 2017. (Prix du polar romand)

La Soustraction des possibles. Finitude, 2020. (Prix Relay, Prix du public RTS)

Les Corps solides. Finitude, 2022.

Stella et l'Amérique. Finitude, 2024. (Prix Michel-Lebrun)

NOUVELLES

Dans le ciel des bars. Delphine Montalant, 2003.

Taxidermie. Finitude, 2005.

Les Poings. BSN Press, 2017.
Nouvelle édition revue et augmentée, Zoé, 2024.

JOSEPH INCARDONA

Le monde est fatigué

FINITUDE

L'auteur remercie Pro Helvetia, fondation suisse pour la culture, du soutien accordé à l'écriture de ce livre.

Illustration de couverture : © knstartstudio / Shutterstock

ISBN 978-2-36339-235-0

« *L'amour est le lit de la rivière, la douleur le remplit.* »

Peter Heller,
La Constellation du chien

« *Que savent les sirènes de leur victime, pour pouvoir les approcher de si près ?* »

Peter Sloterdijk,
Sphères I

Il s'agit d'en finir, allégée de tout.

C'est un jour à la fois grandiose et funeste.

Le début de la fin, comme on dit.

Mais le début n'est pas vraiment le début : dans ce feu qui la torture, le temps passe et la vérité s'enfuit.

Car les rêves sont la cage du néant.

Une fois qu'on le sait, tout devient plus léger. Mais une fois qu'on l'a compris, on peut aussi se laisser couler et toucher le fond.

Doucement.

Ainsi meurent les sirènes.

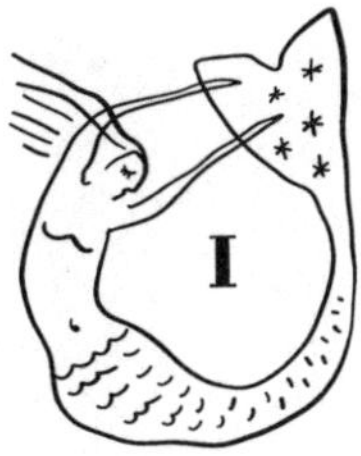

Genève

1

Signe des temps, le Uber qui la conduit est un véhicule hybride et le chauffeur métis s'oriente avec un GPS. Son prénom à elle, Ève, est un pseudonyme avec circonflexe sur le premier « e » : chacun est différent, unique à sa façon, et il faut le faire savoir.

On le voit : tout est mélangé, incertain, en devenir. Seule la richesse est un socle immuable et fiable, comme la pierre dans laquelle on investit. Maisons de maître, villas modernes, pavillons contemporains. Dans ce quartier chic de la commune de Vandœuvres (mais œuvrer à quoi ?), sur la rive gauche du Léman, les propriétés se succèdent comme dans un Beverly Hills des fortunés anonymes.

Quelques chiffres :

90 300 millionnaires.

345 centimillionnaires.

16 milliardaires.

Après New York, San Francisco, Londres et Los Angeles, Genève est au cinquième rang des villes du monde où vivent les personnes les plus aisées.

Là où se trouve Ève aujourd'hui.

Parce que dans rêve, il y a Ève.

Le SUV sombre s'immobilise sans bruit devant la propriété. Le chauffeur valide la destination en posant son index manucuré sur l'écran tactile du navigateur. Ève ne voit pas ses yeux cachés derrière des lunettes de soleil.

« Nous sommes arrivés, mademoiselle. »

À travers la vitre fumée de la voiture, Ève regarde le portail en aluminium composé de quadrilatères en relief, ne voit pas la maison qui se trouve derrière, malgré la hauteur du véhicule. Elle se décide, ouvre la portière. S'extraire d'un siège est une technique qu'elle a apprise au centre de rééducation : faire pivoter son bassin, plier les genoux, sortir les deux jambes simultanément et les déplier vers le sol. Elle fait cela d'un mouvement heurté, un peu étrange si l'on y prête attention, mais personne ne remarque rien en général. C'est comme dans la rue, qui pense à marcher en regardant le ciel ?

Elle entend les cliquetis réguliers des arroseurs automatiques, l'eau ne manque pas, le golf-club est tout proche. Ève contourne la voiture d'un pas raide. Dans la poche latérale de son pantalon, sa main trouve ses lunettes polarisées, elle se rassure : elle et le chauffeur sont maintenant à équidistance d'un hiatus d'obscurité.

Le chauffeur a ouvert le coffre, il pose par terre un volumineux sac de sport et s'apprête à faire de même avec une housse de grande taille.

« Donnez-la-moi, s'il vous plaît, dit-elle en tendant ses bras.

— C'est lourd. Voulez-vous que je vous aide à porter tout ça ?

— J'ai l'habitude, merci. Mais c'est gentil de le proposer. »

Le chauffeur esquisse un sourire, il se voudrait désinvolte, mais Ève sait qu'il est mal à l'aise. Il y a en elle tant d'éléments recomposés et fabriqués qu'elle paraît à peine humaine. Pourtant, ce qui soulève la méfiance des gens à son contact suscite l'admiration dans son métier. Ève est devenue fonction d'un rôle, usage d'elle-même : elle est devenue ce qu'elle fait. La fonction détermine l'organe, comme le suggérait Lamarck. Mais Lamarck se trompait.

Parce que dans rêve, il y a Ève.

Ève salue le chauffeur qui reprend le volant. La Toyota s'éloigne, Ève espère aller bientôt au Japon. Elle ira.

Ève prend son temps, demeure immobile sur le bord du chemin, à l'ombre de deux pins parasols et d'un gigantesque cèdre du Liban. Elle n'attend rien du Liban et n'ira pas. Elle reste ainsi, debout et bancale sous la brise tiède qui souffle par rafales dans l'après-midi caniculaire. On dirait un mât de navire qui tangue sur la terre ferme. Lorsqu'elle ferme les yeux, son équilibre devient incertain. Et comme un mât en pin sylvestre, sa peau transpire une légère résine. Ève pourrait se tenir, sculptée, à la proue d'un navire, mais plus aucun armateur n'a cette poésie-là. Les cargos et supertankers naviguent par satellite, les flots ne sont plus un mystère.

Alors, Ève ouvre les yeux, soulève son sac par une extrémité et le fait avancer sur ses roulettes jusqu'au visiophone sur lequel n'est inscrit aucun nom. Vivons dans l'opulence, vivons cachés. La seule certitude est l'adresse, chemin de l'Écorcherie – unique bémol à la perfection du cadre –, et le numéro 8 inscrit par petits trous perforés sur un coin visible du portail. Ève appuie sur la touche d'appel. Passent une dizaine de secondes. Un grésillement, suivi d'un déclic, l'invite à pousser le portillon.

La villa de plain-pied apparaît en léger contrebas, au bout d'une esplanade de gravillons blancs. Une pelouse taillée au rasoir et d'un vert extraterrestre entoure la construction en béton. De vastes hublots percent la carapace grise et polie sur toute la longueur de l'édifice. Ève ne sait quoi penser de cette architecture et, d'ailleurs, elle n'en pense rien. Les roues de son sac de sport se bloquent dans les gravillons, elle le tire plus qu'elle ne le fait rouler. Un homme massif, cheveux rasés – costume noir et cravate – surgit de la porte principale. Il s'avance vers elle, tend son bras, main ouverte, lui signalant de s'arrêter. Lui aussi porte des lunettes de soleil, chacun se protège : toutes les heures blessent, la dernière tue.

Avec un accent de l'Est, il salue Ève et lui demande sa carte d'identité.

Ève n'a pas de sac à main, elle n'en a jamais eu. Elle n'a jamais été assez « fille » pour cela, sa mère aurait préféré un garçon, paix à son âme. C'est pareil pour ce large bonnet en coton qu'elle a pris l'habitude de porter et dans lequel elle enroule sa chevelure. Elle sort son portefeuille de la poche latérale de son pantalon. Le garde du corps saisit la carte qu'elle lui tend et passe un appel sur son smartphone. Il lit à voix haute le nom inscrit sur le document à son interlocutrice, bref échange en russe, il raccroche.

« Madame Smirnov vous attend. Je peux prendre votre sac ? »

Ève consent à lui confier son sac et suit l'homme aux larges épaules. Elle longe l'habitation par un chemin sinueux se faufilant à travers les roseaux et les nénuphars. L'eau affleure et ruisselle près de ses pieds. L'homme comprend qu'il marche trop vite, ralentit son pas. Ils débouchent plus lentement sur un vaste jardin au milieu duquel a été aménagée une piscine naturelle. Mais le mot piscine est un euphémisme : c'est un vaste espace aquatique aux formes arrondies, bordé de roches et de sable, de palmiers en devenir, d'ancolies, de géraniums vivaces et de pavots de Californie, une flore tropicale variée qu'il m'est impossible de nommer dans son ensemble. Trois bassins en terrasses se succèdent, reliés les uns aux autres par deux petites cascades. Une sorte de réplique de lagon qui ferait penser à...

« J'avais quinze ans lorsque j'ai vu le film *Le Lagon bleu*. Cet îlot dépaysant est un caprice auquel a consenti mon défunt mari... Enchantée, Ève, je suis Galia Smirnov... Merci, Igor, laissez-nous, je vous prie... »

Le garde du corps s'éloigne. Galia roule les « r », a des cheveux châtains mi-longs, les pommettes saillantes et le nez trop fin sur un visage ayant égaré sa symétrie. Sous le chemisier blanc, une poitrine incongrue parce que trop volumineuse pour des épaules aussi délicates. Là aussi, un écart d'harmonie, une disproportion évidente, mais tous les goûts sont dans la nature.

Les deux femmes se serrent la main.

Galia Smirnov scrute Ève avec une sorte d'émerveillement, ne réussit pas à en détacher ses yeux.

« Vous êtes absolument splendide, Ève. Un pur ravissement. »

Ève remercie, prend le compliment. Même si elle sait pourquoi cette femme lui dit ça ; parce que Galia a peur de vieillir, qu'elle a recours à la chirurgie croyant retarder l'inéluctable alors qu'elle aggrave le ridicule.

« Ma fille et ses invitées arriveront dans une heure, reprend Galia. C'est un anniversaire itinérant, *Travelling birthday party*, vous connaissez ? Elles feront escale dans le jardin, prendront leur gâteau, et puis continueront la fête ailleurs. Je pense que les 10 ans de ma Xenia sont un âge à marquer d'une pierre blanche, n'est-ce pas ?

— On veut toujours le meilleur pour nos enfants.

— Ah, vous êtes maman vous aussi ? »

Ève acquiesce.

« Donc, Ève, je voudrais m'assurer que le déroulé de votre prestation est bien clair. Je veux que ce soit parfait, vous comprenez ? Xenia ignore tout de votre présence, c'est une surprise, vous êtes son cadeau...

— Je vous remercie, madame. J'ai mémorisé le programme, ne vous inquiétez pas. Faites simplement préparer les filles comme convenu.

— Le maquillage est *waterproof*, j'ai suivi vos indications.

— Très bien. J'apparaîtrai quand elles seront au bord du bassin. Lequel d'ailleurs ?

— Celui du haut, dit Galia en pointant son index au bout duquel est collé un ongle artificiel oblong et rose. Un tunnel est aménagé depuis l'espace intérieur du *poolhouse*, là-bas. Vous pourrez vous y changer. Le passage d'un bassin à l'autre peut se faire à la nage sous les cascades. Vous verrez, c'est formidable ! Ah, et, je... Vous leur expliquerez comment nager avec leur... tenue, n'est-ce pas ?

— Bien sûr.

— Nous prendrons les photos dans le dernier bassin. Une baie vitrée donne sur une pièce au sous-sol de la maison. Le photographe se tiendra derrière. Je compte sur vous pour que ce soit inoubliable.

— Je leur expliquerai ce qu'elles devront faire. Vous me confirmez que toutes savent bien nager ?

— Bien entendu ! Au prix que coûtent les leçons avec Sergio, c'est bien le minimum ! »

Le silence qui suit laisse supposer que les deux femmes ont épuisé le sujet. Pas tout à fait, en réalité :

« Bien, le *poolhouse* est à votre entière disposition. À ce propos, je voulais savoir... Est-ce que je peux assister à votre préparation, Ève ? Je suis tellement curieuse de voir comment vous faites !

— Navrée, mais cela ne sera pas possible.

— Vraiment ?

— Oui.

— Ah.

— ...

— C'est *niet*, alors ?

— Oui, madame. »

Galia Smirnov fait un effort pour garder son sourire de circonstance. Ève comprend qu'on ne lui a pas souvent dit non dans la vie. C'est sans doute dommage pour elle. Ève n'ajoute rien, soutient simplement son regard.

« Bien, dans ce cas, je ne vous accompagne pas. Dans les vestiaires, vous trouverez tout le confort nécessaire. Pour rejoindre la piscine, suivez le couloir menant au plan d'eau.

— Je vous remercie. »

Ève soulève la poignée de son sac, la pelouse est si bien entretenue qu'elle n'a aucune peine à le faire rouler.

« Ah, j'oubliais : l'eau est à 30 degrés. Ma fille est une frileuse », précise la mère dans son dos.

C'est bien, pense Ève, ça la changera des aquariums géants où elle se pèle les écailles à 19 degrés.

*

Dans la dépendance de la piscine, Ève trouve tout, jusqu'au superflu, pour contenter le moindre caprice : peignoirs et serviettes éponges, pantoufles jetables, gels douche et savons, crèmes dépilatoires, masques de beauté, sèche-cheveux, gants de massage, frigo-bar et fruits de saison disposés sur un plateau...

Elle se contente d'une tasse de thé noir qu'elle se sert au samovar, avant d'entamer son rituel.

Elle commence par se déshabiller et se regarder nue dans le miroir. Il y a toujours un miroir. Toujours. Elle ne veut pas oublier qui elle est, ce qu'elle est devenue, l'outrage qui lui a été fait.

On commence, de la tête aux pieds :

D'abord, ôter les lunettes de soleil, c'est pour mieux te voir, mon enfant : de grands yeux bleus et profonds ; une sorte d'étonnement rendu mélancolique par un léger affaissement des paupières.

Le bonnet ensuite, ôter l'élastique, secouer la tête : la chevelure rousse, épaisse, se déroule et tombe sur ses reins.

Jusque-là, on pourrait penser que tout va bien, une réplique vivante de la Vénus de Botticelli. Ève approche alors son visage du miroir, fait quelques mimiques, sans sourire ; sa peau bronzée est tendue et lisse, on dirait du plastique. Aucune ride, aucun signe du passage du temps. Sur les tempes, de fines cicatrices remontent sous les cheveux vers le crâne. À bien y regarder, il y en a aussi au bord du nez mais aussi dans la bouche, à l'intérieur des joues. Plus loin, sous la peau, la mâchoire inférieure, anguleuse, est en céramique de phosphate de calcium. Le menton est constitué d'un substitut osseux bovin. Toutes les dents sont en résine composite et en acrylique.

Ève saisit le bas de son T-shirt, remonte les bras, dénudant son torse : deux seins parfaitement circulaires, mamelons finement recousus par-dessus le silicone, derme reconstitué en lieu et place des plaies qui l'ont déchirée.

Une longue cicatrice, trait désormais à peine visible sous le bronzage, côté gauche du ventre plat et musclé. Sur le bas-ventre, sa sœur jumelle, une césarienne en forme d'imperceptible sourire. Les bras sont dessinés comme ceux d'une danseuse étoile, minces et vigoureux, parcourus de veines bleues délicates, sans artifice.

Les épaules, comme les bras, sont une ode possible à la grâce et le dos est une architecture ciselée. Tous les muscles essentiels y sont dessinés : les différents trapèzes, infra-épineux, grand et petit ronds, grand dorsal et lombaires. Ces différentes parties de son corps sont comme un territoire ayant été préservé de la destruction.

Elle bouge ses hanches d'un côté, puis de l'autre pour baisser son pantalon, une gamine qui se trémousse, souvenir somatisé d'un temps insouciant, ses fesses aussi ont été préservées du massacre, dures et rebondies par l'exercice.

Puis elle s'assied sur la chaise.

Elle ne peut pas continuer debout au risque de tomber. Replie donc ses jambes, tire le bas de son pantalon avec ses mains. Ses cuisses sont fuselées par des milliers d'heures de nage. Elle a des genoux fins qui tiendraient chacun dans une main d'homme. Après,

après, il y a une béance.

Deux prothèses en titane (numéro atomique 22, masse

atomique 47.9, point de fusion 1 668° C, point d'ébullition 3 287° C) ; deux merveilles de technologie imprimées en 3D à la façon d'un grillage, dessinant les formes supposées de la jambe, du mollet et de la cheville. Et lorsqu'Ève se relève, à part ses baskets sur ses pieds artificiels, elle est nue – belle ou monstrueuse – de façon transhumaine, apparaissant en suspens sur du vide. Son corps sculpté, recomposé, artificiel et désirable à mes yeux même dans son imposture ; le triangle roux de son pubis est posé au milieu de l'étrange et de l'incompréhensible, appel à une sexualité si peu assouvie, désormais. Qui voudrait d'elle une fois la vérité ainsi révélée ?

Parce que dans rêve, il y a Ève.

Ève se rassied, ôte ses prothèses et les pose sur le tas de vêtements éparpillés au sol. Les deux moignons apparaissent dans leur laideur ; les jambes tronquées, l'hideuse discontinuité. Ces pilons aux extrémités carmin, sombres, où le sang abonde. Elle sort du sac une bande de ruban adhésif qu'elle coupe avec ses incisives, joint ses jambes, avant de les fixer l'une contre l'autre, serrées par le scotch. Elle répète l'opération trois fois, essaie d'écarter les cuisses pour tester la solidité du dispositif.

Elle se tourne vers le miroir, sort sa trousse de toilette et entame le minutieux travail de maquillage. Elle pourrait le faire les yeux fermés, mais c'est un moment privilégié entre elle et son double. Quand elle a terminé, elle met des gouttes de collyre dans ses yeux et coiffe ses cheveux avec une brosse. Ensuite, elle enfile son soutien-gorge en forme de coquillages et descend de la chaise à la force de ses bras. Elle rampe jusqu'à la douche, mouille son bassin et ses cuisses sous le jet, revient dans le vestiaire, toujours en reptation.

La housse est posée à plat sur le sol, elle ouvre la fermeture Éclair et sort la queue de sirène pliée en trois qu'elle étale devant elle. C'est une queue en silicone, pesant quinze kilos, longue de deux mètres, large d'un mètre et demi dans sa partie la plus évasée, moulée et peinte écaille par écaille, turquoise avec des reflets mauves et verts. Elle a mis deux mois pour la fabriquer, avec patience, comme si elle se construisait un autre corps. Ève, lentement, faufile à l'intérieur ce qu'il reste de ses jambes, ses cuisses, puis son bassin. Le silicone se tend sur sa peau, l'épouse centimètre après centimètre, se resserre sur son corps tronqué comme une gangue cannibale, une fleur carnivore. À l'intérieur, ses moignons se fondent dans la monopalme, ce qui lui permet de nager mieux et plus vite.

Ève rentre son ventre, le nombril se niche dans une vallée au bas des côtes qui saillent, autrefois brisées puis ressoudées par des agrafes. Elle expire profondément, relâche l'oxygène avant d'entamer le mouvement contraire et de le gonfler comme celui d'une femme enceinte. Elle répète le mouvement, étire ses bras au-dessus de sa tête, distend nerfs et tendons, muscles et tissus. Elle s'isole dans un univers d'étoiles et d'apesanteur, rejoint les galaxies et cet espace hors de tout que sera bientôt l'élément aquatique.

À l'extérieur, le bruit soudain d'un hélicoptère à l'approche, puis atterrissant dans le jardin, fait trembler les cloisons en bois de la maisonnette. Ève sent les vibrations remonter dans son dos, se laisse faire, accueille la violence dans son corps pour en faire une certitude. Chaque onde, chaque parcelle de fureur glanées au quotidien pour les transformer en molécules de vengeance intégrées à ses cellules, tout ce qu'elle fera ressurgir le moment venu.

Les pales de l'hélicoptère se sont immobilisées, le moteur s'est tu, remplacé par les cris aigus des gamines surexcitées. De jeunes connes pourries gâtées qui deviendront de vieilles connes gâteuses. Mais Ève s'en fout, supporte sans problème. Elle a un but dans la vie.

Elle a un but.

Et tout, tout, concourt à cela.

Ève se traîne jusqu'au petit bassin intérieur relié à la piscine. Les filles ne seront pas prêtes avant une demi-heure, elle a le temps de nager librement, de s'échauffer dans l'eau transparente.

Ève glisse dans l'eau tiède, suit le faible courant menant au bassin qu'elle rejoint en deux coups de nageoire, plonge dès que le fond le permet. Elle se retourne, voit le ciel au-dessus de l'eau, n'entend plus ni les cris ni les voix aux intonations stupides.

Et elle devient Ève la Sirène.

*

Ève est une professionnelle, elle sait donner le change, sourire, se montrer aimable et enjouée. Prodiguer ses conseils aux sirènes débutantes, jeunes filles enveloppées dans leurs queues en tissu : comment gérer son oxygène, avancer en remuant le bassin, faire des bisous-bulles, bouger les bras, ouvrir les yeux sous l'eau… Après une quarantaine de minutes, les filles fatiguent et en ont assez. Par expérience, Ève sait que ce qu'elles préfèrent, c'est la séance de maquillage et enfiler leur costume. Dès que l'effort est au rendez-vous, que les yeux piquent et qu'elles ont bu la moitié de l'eau de la piscine, l'enthousiasme retombe et on se dépêche de prendre la photo. Ce qu'elles apprécient surtout, c'est l'idée d'être une sirène, non de le devenir.

Ève le sait, elle fait le job, tarife ses deux mille euros de prestation, frais d'hôtel et de voyage en sus.

Lorsqu'elle s'est rhabillée, que les filles sont reparties et qu'elle plie le chèque dans son portefeuille, Galia lui propose de prendre un verre et, pourquoi pas, de rester dîner.

« Je vous remercie, mais j'ai un vol ce soir.

— Vous me dites encore *niet*, c'est ça ?

— Oui.

— Alors, en échange, je veux le nom de votre chirurgien.

— Bien sûr : c'est le docteur Josef Mengele.

— Attendez, il me faut un stylo, que je le note. »

Ève ne s'émeut pas outre mesure, elle a compris que chaque vie est un laboratoire où tout recommence à zéro, que l'ignorance est une montagne à gravir à mains nues.

« Madame Smirnov ?

— Galia, je vous en prie.

— Galia, sérieusement, vous ne voudriez pas le connaître, croyez-moi.

— Pourquoi ?

— Parce que, souvent dans la vie, ce n'est jamais deux *niet* sans trois. »

*

Sur les photos du site web de l'hôtel Starling, on peut voir une corbeille de fruits exotiques et colorés posée sur le guéridon de la chambre. En réalité, tout est propre, fonctionnel, et dépourvu de saveur. Dans le ronronnement de l'air conditionné – et celui des demi-mensonges, ou semi-vérités, qui jalonnent l'existence – Ève a bien un vol à prendre, mais seulement demain à 12 heures 50. Qui donc aurait envie de passer une soirée avec Galia Smirnov dans sa villa-forteresse ?

Face au miroir de la salle de bains, Ève passe un trait d'*eye-liner* gris charbonneux autour de ses yeux. Cheveux coiffés en chignon, robe légère bleu cobalt (qui rappelle la couleur de ses yeux) – longue bien sûr –, bottines en daim délicat masquant ses prothèses, chaînette en or autour du cou, et c'est tout. Pas de smartphone ni de portefeuille. Elle mettra la note sur le compte de sa chambre. Auparavant, elle a pris un repas léger apporté par le *room service*, tranche de saumon et légumes de saison, et la voilà maintenant qui referme la porte derrière elle, claquement feutré à la jonction du métal et du contreplaqué.

La moquette du corridor, aux formes de losanges orange et verts, prouve que tout décorateur a sa chance au moins une fois dans sa carrière. Ève veille à ne poser ses pieds sur aucune arête des motifs, uniquement sur les îlots des pleins. Il lui reste des superstitions d'enfant et la pensée magique.

Elle appelle l'ascenseur, s'y engouffre et appuie sur le bouton du rez-de-chaussée. À 23 heures, au bar d'un hôtel, il est peu probable que l'amour soit au rendez-vous. D'un autre côté, si Ève s'était fiée aux statistiques, elle n'aurait jamais été en mesure de faire son entrée dans ce *lounge* ce soir ; elle est ce qu'on appelle communément une « survivante ».

Des groupes d'hommes en complet-veston lèvent la tête dans sa direction, quelques femmes, aussi. Les affaires appellent toutes sortes de transactions, ce marché dont l'offre dépasse amplement la demande, et on se demande (justement) où est passée la charité.

Ève s'assied sur un tabouret au comptoir, croise les jambes. Ses mouvements sont étudiés pour paraître fluides. Dans la lumière diffuse, parmi les reflets du grand miroir du bar et des bouteilles colorées, il ne manque plus qu'un homme morde à l'hameçon. Il y en a deux spécimens à l'autre bout du comptoir, col de chemise ouvert et cravate dénouée, un peu avachis par les whiskies. Ève se demande jusqu'où elle serait prête à aller, jusqu'à quelle compromission pourvu qu'elle obtienne un geste de tendresse ? Quémander la sollicitude est une sale affaire.

Ève commande un *amaretto sour* au barman tout sourire. Ses bras sont tatoués, elle n'a jamais compris les tatouages. Elle, ce qu'elle préfère, c'est la peau vierge : sa texture, sa couleur, ses imperfections. Elle se demande aussi où sont passés les poils chez la plupart des hommes jeunes, cette aspérité un peu étrange qui donne du relief au toucher. Quoi qu'il en soit, tout cela n'est plus que de la réminiscence, du fantasme. Depuis combien d'années ses lèvres n'ont-elles plus mordillé le torse d'un homme, depuis combien de temps un poil ne s'est plus collé sur sa langue ?

Le barman pose le cocktail sur un dessous de verre en papier cotonneux, n'accompagne pas la boisson d'une coupelle d'olives ou de chips véganes. Rien d'autre que le verre et son sourire charmeur qui ne compense rien.

Ève dit merci, ajoute « Chambre six cent quarante-sept », en lui montrant sa clé-carte.

Le temps long peut commencer à défiler. Elle ne s'en inquiète plus. Elle ne le voit même plus venir, ne le craint pas, elle est à l'intérieur du temps lui-même. Trois ans passés dans le coma, deux en centre de rééducation, lui ont appris au moins cela : elle vit désormais dans une forme de relativité dont la densité est telle, là, dans son plexus en métal, que le temps « êvatique » – son temps personnel – se courbe, ralentit et, parfois, s'annule. Ce qui fait qu'assise seule à ce comptoir, dans cette sorte d'attente hiératique, on la prend souvent pour une racoleuse d'hôtel.

Elle fait durer son alcool, en commande un deuxième. J'oubliais le pianiste dans le fond jouant *My Way* sur son demi-queue. Pousser la banalité au point de rendre le cliché solennel. Quant à Ève, elle ne se réfugie ni dans la consultation de son smartphone, ni dans la lecture d'un livre ou d'un journal qui traînerait là. Sa seule difficulté est de supporter les éclats de rire ou de voix, le tintement trop aigu des verres qui parfois s'entrechoquent. Épines dans sa tête. L'inconfort est d'ordre purement physiologique, aucun agacement, sinon elle n'aurait qu'à remonter dans sa chambre. Non, elle regarde autour d'elle, affronte la réalité du regard et le bruit du monde, sans jugement ni a priori.

Elle est là.

Nous sommes là.

Nous sommes tout simplement là.

Et chacun fait ce qu'il peut pour avancer de quelques pas, pour lancer son cœur devant soi et tenter de le suivre un peu plus loin, à tâtons.

Néanmoins, autour d'elle, le temps passe tout de même. C'est l'horloge du bar qui le dit, fixée au-dessus des dizaines de bouteilles, dans les reflets bigarrés des étagères sur fond de miroir, dans les réalités gigognes qui se juxtaposent, théorie des boucles et des cordes, cantique du quantique, et c'est à 23 heures 43 qu'il finit par se manifester.

Que l'homme attendu arrive.

Attention, que ce soit bien clair : il n'y a aucun mal à

attendre d'Ève, elle n'a aucune volonté de nuire. Ce n'est pas une femme fatale, c'est la fatalité qui a une dette envers elle. Ève n'en veut pas aux hommes en général, elle n'en veut qu'à un seul en particulier.

« Je peux vous offrir un verre, mademoiselle ? »

Au fond, il n'y a pas trente-six façons d'entrer en matière.

« Pourquoi pas ? »

Ève accueille sans montrer d'enthousiasme particulier, ce serait faire aveu de faiblesse ; mais elle ne pose pas de barrière non plus. Et même s'il avait agi de manière un peu trop cavalière, elle pense que celui qui prête le flanc mérite au moins un refus poli et sans animosité.

L'homme se présente, lui tend la main, sa paume est douce. Il s'appelle Marc. De petite taille, il grimpe un peu maladroitement sur le tabouret. Dans le miroir du fond, Ève a vu qu'il était parti avec son groupe de collègues par l'ascenseur avant de revenir peu après par l'escalier de service. Comment lui en vouloir de ce stratagème quand la morale le dispute à l'appel du désir ? Ève observe ses mains aux doigts courtauds, son complet-veston froissé, le ventre légèrement rebondi, les lunettes à la mode et les cheveux courts et grisonnants. Il ne possède rien de particulier pour le sortir de l'anonymat, si ce n'est qu'il est venu à elle. Parmi plus de quatre milliards de possibilités de mâles sur Terre, c'est Marc qui lui est offert.

Et Marc ce sera.

Il commande une vodka, demande de lui resservir un autre *amaretto sour*. Le barman, moins badin, annonce la dernière tournée, le bar ferme dans une demi-heure. Finalement, 23 heures 43, c'est assez stratégique comme tempo : le petit bonhomme a de la suite dans les idées, et Ève s'en amuse.

Pour le mettre à l'aise, elle aborde la question du métier, emploie la périphrase de confection :

« Alors, Marc, qu'est-ce que vous faites de beau dans la vie ?

— Je bois un verre avec la plus belle femme de l'hôtel », répond-il du tac au tac. L'esquisse de son sourire gêné paraît sincère. Ce n'est pas du Shakespeare, on est bien d'accord, mais quand on fait du stop au bord de la route, on ne s'attend pas à monter dans une Rolls non plus. Après, les mots qui suivent, c'est autre chose, ils sont le petit calvaire d'ennui qu'il faut subir, et peut-être que la source du mécontentement général vient de là :

« À part ça, je suis *record manager...* »

Ève remue le glaçon dans son verre, prend une légère inspiration : « Et ça consiste en quoi, exactement ? »

(Les deux cocktails bus rendent tout de même l'affliction plus supportable).

Les épaules de Marc se redressent.

« J'ai la charge de la gestion documentaire de mon entreprise. Je supervise la gestion, le stockage et l'utilisation des données, tout en veillant à leur sécurité et à la conformité aux lois en vigueur... Bref, c'est le métier essentiel de la *Data Gouvernance* ! »

Ève a constaté l'évanescence progressive des métiers, la terminologie sans cesse plus abstraite pour les définir. Elle ne va pas plus loin dans la demande de précisions, se contente de hocher la tête en se montrant intéressée. Elle s'attend à la même question en retour mais, comme souvent, la même question n'arrive pas. Comme si être une femme assise au comptoir d'un bar suffisait. Comme si tout son intérêt résidait dans la présence de son corps disponible.

Et puisque la nature semble avoir également peur du silence, Marc reprend : « Le cycle de gestion documentaire se décompose en cinq étapes : la création du fichier, son utilisation, sa protection, son archivage dans le *cloud* et sa destruction... »

Et soudain, l'image lui apparaît. L'impression de s'extraire du moment présent malgré elle. Mais le terme « image » n'est pas approprié, c'est beaucoup plus que cela : c'est la vision extralucide de Marc dans sa totalité, l'impression de pénétrer son lieu secret, son point le plus intime et fragile, cet instant qui le révèle tout entier. En l'occurrence, la trace plus claire laissée par l'alliance qu'il a ôtée de son doigt. Et le constat est toujours le même, immuable : ce qu'elle ressent à ce moment précis est de la compassion. Une sorte de don qui lui a été donné à la sortie de son coma, mais un don qui ne lui sert à rien si ce n'est à éprouver de la pitié pour le profond désarroi que nous ressentons tous.

Le barman pose devant eux la coupelle avec l'addition. Marc dit que c'est pour lui et paie en comptant. Ève remercie, il a la délicatesse de ne pas empocher le ticket pour la déduction de ses frais. Ils sont encore assis sur leurs tabourets, la dernière passerelle avant de franchir le Rubicon. Ève le laisse venir, elle sait que prendre l'initiative en effraie la plupart.

« Vous, je... Ça vous dirait de boire un dernier verre ? se lance Marc.

— Je n'ai pas encore touché à mon minibar, répond Ève.

— Heu... Chez vous, alors ? »

Ève acquiesce.

« Dites, je... Je devrais... Est-ce que je peux vous rejoindre dans une dizaine de minutes ?

— Rassurez-vous. Je ne suis pas une prostituée.

— Ce n'est pas ça, je...

— Chambre six cent quarante-sept. »

Elle comprend, bien sûr: la présence du barman, les regards anonymes des clients encore présents. Ève anticipe, descend de son tabouret et se dirige vers l'ascenseur.

Les portes se referment dans son dos, elle appuie sur le bouton du sixième. Elle se contemple dans le miroir, l'éclairage est tamisé. Mais son image ne lui apprend rien de plus sur elle-même, ni pitié ni compassion. Ce qu'elle arrive à percevoir chez les autres demeure dans un angle mort pour son propre regard.

Compter moins de dix minutes et Marc frappe à sa porte. Elle ouvre, fait un pas de côté, il entre et elle referme derrière lui. Tous deux sont gênés, apparaissent maladroits. Ève prend l'initiative, se penche sur lui et trouve sa bouche. Elle sent ses dents, la langue de l'homme est nerveuse, petits mouvements furtifs et en spirale. Ses mains se posent sur sa taille, n'osant aller plus loin. Elle sent tout de même son sexe durcir sous le léger tissu du pantalon.

Ève se détache, se dirige vers le minibar. Elle voudrait ne rien ressentir, ne pas être anxieuse. Pouvoir se donner sans avoir besoin de le manœuvrer ainsi. « Vodka ? » demande-t-elle.

Sans répondre, Marc, tout à fait excité à présent, se colle contre ses fesses. La main de l'homme se pose sur son entrejambe. « Marc, s'il vous plaît, je dois d'abord vous dire... », mais il n'écoute plus, la retourne, bien plus vigoureux qu'elle ne l'aurait supposé, la dirige vers le lit sur lequel elle tombe en arrière. Il se penche, soulève sa robe, et là.

Et là, il voit.

La bosse dans son pantalon se résorbe aussitôt.

Il est debout, incrédule et figé, regarde les deux jambes artificielles ainsi révélées. Ève referme ses cuisses, tend sa main : « Viens, Marc, allez, ça ne change rien... Viens, s'il te plaît... »

Le visage de l'homme s'empourpre. Le dégoût le dispute à l'outrage. Chaque fois, on dirait que ces prothèses blessent leur amour-propre, tous se retranchent dans cette dignité en toc alors qu'ils font des courbettes à longueur de journée : à leurs patrons, leurs clients, leurs collègues. Mais là, c'est différent. Peut-être que la sexualité est le lieu précis de l'indignation et de la révolte à bon compte.

Marc ne dit rien, ne peut rien dire parce que, effectivement, il est tombé sur quelque chose de plus grand que lui : inattendu, imprévisible, monstrueux à sa façon. Il recule, se retourne et s'en va.

La porte et son claquement feutré. Encore une fois. Mais celui-ci est définitif.

Ève se relève, lisse sa robe, et se dirige vers le petit réfrigérateur, l'ouvre. Elle dévisse le bouchon de la mignonnette de vodka et la boit cul sec. Ensuite, elle se rend dans la salle de bains, se lave les mains, se démaquille, brosse ses dents et éteint la lumière.

Elle ôte sa robe, garde ses sous-vêtements. Elle se penche sur ses prothèses, les détache l'une après l'autre et les pose à la verticale près du lit, en équilibre dans leurs bottines. Ses moignons sont irrités, rouge foncé. Elle prend la crème sur sa table de nuit, les masse gentiment. Elle se dit que c'est con, ça pourrait même devenir une zone érogène si on voulait bien prendre soin d'eux. Ève essuie du revers de sa main une paire de larmes qu'elle n'aurait pas voulu verser, deux larmes de trop.

Elle prend son smartphone, enfile ses écouteurs, clique sur l'application de la météo marine.

La voix féminine, chaude et rassurante, la berce en podcast :

Pour les zones de l'Atlantique et de la mer du Nord, coups de vent à forts coups de vent en cours prévus pour Time, Dogger, Humbert, Tamise, Finistère, Irish Sea, Roack all, Malines et Hébrydes. Grand frais en cours prévu pour Viking, Hudsire, Fortise, Gromerty, Fourth, Fisher, German, Pas-de-Calais, Antifer, Casqué, et Shannon. L'anticyclone 2036 hectopascals, centré à 700 mille à l'ouest de la Bretagne, se prolongera par une dorsale vers le golfe de Gascogne et évoluera peu....

Ainsi s'endorment les sirènes.

2

Elle n'a pas voulu ajouter l'impudeur à la honte, Ève descend prendre son petit-déjeuner après 9 heures. La plupart des clients ont quitté l'hôtel et sont déjà à leurs affaires, la salle du restaurant est aux trois quarts vide. La préposée au buffet, masque de protection sur le visage, vaporise les tables inoccupées avec un spray désinfectant. Ève s'est assise à l'écart, près de la baie vitrée donnant sur l'autoroute en contrebas. Plus loin, derrière les clôtures surmontées de fils barbelés, elle aperçoit le tarmac de l'aéroport.

Dans l'odeur de germicide, Ève mange un œuf à la coque, trois pancakes au sirop d'érable, deux tranches de dinde avec du pain noir. Boit son thé avec du miel. Elle regarde les voitures passer dans les deux sens, les avions atterrir et décoller. Horizontalité et verticalité. Mais pour atteindre quoi ? Pour aller où ?

Elle termine son petit-déjeuner, dépose le plateau sur le chariot et rejoint le hall de l'hôtel. Elle a eu beau descendre après tout le monde, quand les portes de l'ascenseur s'ouvrent, Marc en sort, accompagné de ses collègues. Elle lui adresse un sourire même pas ironique, simplement poli, il baisse les yeux, gêné, ne peut s'empêcher de regarder en direction de ses jambes, là où le jean évasé cache l'artifice. Il s'éloigne à petits pas rapides, sans se retourner. Qui sait si un jour il racontera l'anecdote, et à qui ? Rira-t-il ? Sera-t-il sérieux ? Comédie ou tragédie ?

Ève s'engouffre dans l'ascenseur, appuie sur le bouton de son étage.

Il est temps de quitter le Starling, *darling*.

*

Ève enregistre ses bagages au guichet d'Air France – *Faire voler l'élégance toujours plus haut* : sac de sport, valise à roulettes ainsi qu'un « supplément bagages » pour la housse contenant sa queue de sirène. Elle garde son sac à dos, prend le billet et les contremarques que lui tend l'hôtesse, avant de s'éloigner, sa démarche donnant toujours cette impression de prudence et de circonspection. Bien lui en prend, d'ailleurs, car un enfant jouant avec sa sœur fonce dans ses jambes par inadvertance. Ève perd l'équilibre, atténue sa chute les deux mains à plat devant elle. Sur les milliers de passagers en transit, il a fallu que ça tombe sur elle, mais Ève ne se pose plus vraiment la question du hasard.

Les gosses sont déjà repartis, leur mère s'excuse de loin,

affichant un sourire contrit, certaines ont la politesse timide. Se relever est toujours un peu compliqué pour Ève. La main épaisse d'un homme se referme sur son bras et la soulève vigoureusement. Il est gros, 130 kilos pour moins d'un mètre quatre-vingts, mais sa force est celle d'un haltérophile.

« Tu devrais te payer un nouveau modèle, tes prothèses ne valent plus un clou », dit-il.

Ève reconnaît Matt Mauser. En fait, dès qu'il a posé la main sur elle, elle a su que c'était lui. Ève lui sourit et se moule dans ses bras puissants, s'écrase contre son ventre énorme et tendu. Il transpire sous sa chemise hawaïenne à motifs de perroquets, son odeur aigre se mélange à un résidu de parfum citronné. Matt ouvre ses bras, la libère, et Ève se retrouve droite et bien campée sur ses jambes.

« T'es comme un fil à plomb, Matt. Avec toi, le monde est à l'équerre.

— Oh, non, juste un coup d'avance sur notre rendez-vous. Je savais que tu voyageais avec les Frouzes, je t'ai vue au guichet. À propos, tu savais que leurs employés n'ont plus le droit de souhaiter *Joyeux Noël* aux voyageurs, mais doivent leur dire *Bonnes Fêtes* ?

— On est en juillet, Matt.

— La connerie n'a pas de saison. Allez, viens. »

Matt ouvre la voie dans la confusion des corps, Ève s'engouffre dans son sillage. Matt Mauser souffle bruyamment. Le torse légèrement penché en arrière, les pieds en éventail, une démarche d'obèse. Il a beau avoir attaché ses cheveux en catogan, son cou épais dégouline de sueur. Ève avance lentement derrière lui. L'hippopotame et l'escargot. La Bête et la Bête, leur drôle d'amitié est animalière. Les deux empruntent l'escalier mécanique menant au bar panoramique, prennent de la hauteur au-dessus de la foule excitée, mais tout est relatif. Ils finissent par s'échouer sur une banquette en skaï sombre, face à face dans le clair-obscur d'un bar de jour.

« Je peux te toucher ? demande Ève.

— J'ai les mains moites, c'est pas le plus agréable.

— Les miennes sont froides même en été. »

Ève prend les mains boudinées de Matt Mauser, ses doigts glissent sur les siens.

« Tu vois ? J'ai jamais su retenir une femme... »

Ève insiste, leurs mains finissent par s'accrocher.

« Comment tu vas, Matt ?

— Toujours en colère contre tout. Et j'ai pas mal de boulot, aussi. Une classique affaire de suspicion d'adultère et une autre de fraude à l'assurance. Une femme riche amoureuse de son prof de tennis de 20 ans plus jeune. Et un aveugle qui mate le cul des filles aux terrasses des cafés... De ce côté-là, je me plains pas, le business tourne. Jusqu'à nouvel ordre, et malgré l'hypocrisie ambiante, sexe et fric restent toujours les deux mamelles de l'humanité. En revanche, question mélancolie, je me pose un peu là. Toujours sur l'ourlet de la dépression... J'ai entamé une thérapie par kétamine...

— Sans blague ?

— Une PAP, " Psychothérapie Assistée par Psychédéliques ". Strictement encadrée, bien sûr. Et à doses progressives. Hallucination et dissociation. La dernière fois, j'ai parlé à Bambi et Pluto, c'est l'enfant en moi qui veut absolument sortir de ce corps. »

Ève sourit, resserre ses doigts sur la main boudinée. Une jeune serveuse se dirige mollement vers leur table : on a le temps de regarder autour de soi, de deviner dans le contre-jour les silhouettes de passagers entre deux vols, leurs dos courbés sur leurs téléphones, tablettes, PC et Mac, oreillettes blanches sans fil leur sortant par les trous de nez (je plaisante).

« Tous ces êtres augmentés, n'est-ce pas ?

— Pardon, monsieur ? fait la serveuse.

— Un Schweppes-citron, corrige Matt.

— On n'a pas de *Schweppes Lemon.*

— Je veux dire, un Schweppes avec une rondelle de citron dedans.

— Deux, ajoute Ève.

— Un Schweppes avec double rondelle ? demande la fille.

— Deux fois un Schweppes avec rondelle de citron », précise Ève.

La fille tapote son stylet sur une tablette et s'en va.

« Tout ça me désole, fait Matt. Toute cette ineptie. Cette machinerie virtuelle qui étouffe le bon sens. L'autre jour, j'étais dans un resto, le serveur était là, mais j'ai dû passer par une application pour commander mon repas. C'est même lui qui m'a montré comment faire sur mon téléphone alors que j'aurais pu lui *dire* ce que je voulais. L'humanité croit s'alléger, en réalité on s'alourdit. Et moi, les problèmes de poids, tu vois, j'en ai ma claque... Mais bon, assez parlé de Bibi. J'ai du nouveau, Ève. Je l'ai retrouvée. »

Ève perçoit le clin d'œil que lui adresse Matt Mauser, ce qui l'empêche de s'effondrer à force d'anxiété longtemps contenue. Cette fois, c'est lui qui retient ses mains à elle, les agrippe.

« Tout va bien, respire... »

Ève libère une main, passe son index sous ses yeux. Par

deux fois en moins de douze heures, ces foutues larmes forcent le barrage de la décence. La serveuse revient avec sa commande, l'occasion de se ressaisir tout à fait. Matt attend qu'elle se soit éloignée, reprend : « Sache seulement que ça va te coûter cher...

— Tu veux dire ton tarif ?

— Non, ils sont partis vivre au Japon.

— Au Japon ?

— Tokyo, plus exactement. Le père est chercheur, il a trouvé un poste dans le biomédical. Lui, sa femme et... Maëva y sont installés depuis moins d'un an.

— Maëva... »

Matt sort une feuille pliée en deux de la poche latérale de son bermuda, la fait glisser sur la table.

« C'est une photocopie couleur, j'ai pas pu faire mieux. Elle date de l'été passé. Photo de classe dans son ancienne école. Maëva est tout à gauche, deuxième rang... »

Ève déplie la feuille, les doigts soudain glacés, elle fixe le visage de sa fille au milieu de ceux des autres enfants. Observe attentivement les boucles noires entourant le visage à la peau mate, les yeux marron foncé, le regard pénétrant fixant l'objectif, le sourire creusant une fossette sur chaque joue, le long cou lui donnant un port altier. Évidemment, elle se dit que plus aucune ressemblance avec elle n'est possible, que son accident lui aura tout pris, tout enlevé. Une spoliation en règle.

« Je peux la garder ? demande Ève.

— Bien sûr. Tu n'imagines pas les simagrées que j'ai dû faire pour l'obtenir.

— Merci, Matt. Je ne te remercierai jamais assez, d'ailleurs.

— Merde, ça doit être ma façon de parler, je me fais mal comprendre la plupart du temps. En revanche, ça fonctionne plutôt bien quand il s'agit de faire causer des témoins... Non, ce que je veux dire, c'est que je suis assez fier de moi sur ce coup-là. La maîtresse était méfiante, mes salamalecs, c'était de la haute voltige. Et si je me suis autant démené, c'est que je tenais absolument à ce que tu aies cette photo.

— C'est bien ce que je disais : merci, Matt.

— Tu paies les tonics et on est quitte. Je te l'enverrai par mail, scannée en haute résolution avec les infos sur la famille, adresse et *tutti quanti*. Bon, c'est pas tout, ton vol vient de s'afficher...

— Matt ?

— Quoi ?

— C'est pas tout, non. »

Matt passe un mouchoir en tissu sur son visage inondé de sueur malgré l'air conditionné. Ce n'est même pas un gros mangeur, non, c'est juste la thyroïde qui déconne. Il essaie de gagner du temps, mais Ève continue de le fixer droit dans les yeux. Son silence est une obstination.

« Tu es sûre de vouloir remuer toute cette merde, jeune fille ? Le pardon est sûrement la meilleure solution pour trouver l'apaisement. Et il te coûtera bien moins cher, crois-moi.

— J'ai déjà payé le prix, Matt. À présent, je veux mon retour sur investissement.

— Sans compter que là, on joue dans une autre catégorie, il ne s'agit plus de subtiliser une photo de classe à une maîtresse d'école. On ne sait pas jusqu'où peut remonter la vérité... Et puis, si c'est ce que tu crois, ces gars-là, leur police secrète te coupe en rondelles pour bien moins que ça...

— Et avec ta masse, il y a de quoi faire, Matt Mauser.

— Ah, mais tu sais parler aux gros, toi !

— Tu me disais t'emmerder au boulot, non ? En avoir marre des cocus ? »

Ève pose un billet de vingt francs sur la coupelle contenant le ticket, reprend :

« Trouve-moi ce chauffeur. Je sais qu'il a disparu dans la nature. Mais je sais aussi que t'es doué pour faire émerger la fameuse merde au grand jour. »

Ève fait glisser latéralement ses fesses sur la banquette, se lève, sa fragilité émeut l'hippopotame. Là, tant qu'elle est assise face à lui, il peut lui tenir tête, mais dès qu'elle est debout, il a envie de la prendre dans ses bras et de l'aimer pour le restant de ses jours. C'est son secret.

Il se lève à son tour, garde ses distances. Pas de mots ni de gestes. Il ne voudrait pas la faire se sentir impotente ou l'importuner avec des sentiments encombrants. Ils arrivent ainsi au contrôle de sécurité précédant l'embarquement. Ève a sorti ses documents, elle n'a que son bagage cabine sur le dos.

« On va se quitter ici, Matt. Je ne veux pas que tu assistes à la suite, elle est toujours humiliante. »

Les deux se saluent. Mais Matt n'obéit pas tout à fait, c'est son droit tant qu'il reste discret, juge-t-il. Il s'éloigne, puis revient sur ses pas et observe Ève à moitié cachée par une borne publicitaire. Il la voit montrer à l'employée sa carte d'embarquement, son passeport et le document fourni par l'hôpital. L'employée quitte son poste, consulte une collègue derrière le portique. L'autre hoche la tête en signe d'assentiment, l'employée revient. Dans le dos d'Ève, un homme en complet-veston et mallette s'impatiente et le fait savoir par un soupir bruyant et des gestes d'irritation manifeste. Matt serre les poings, voudrait pouvoir le démolir. Ève ignore l'homme derrière elle, ôte sa ceinture, sa montre, pose son iPad et son porte-monnaie dans le bac en plastique du tapis roulant. Ensuite, elle fait ce que font tous les passagers, franchit le portique qui se met à sonner. Par conscience professionnelle, la préposée à la sécurité passe son détecteur sur le corps d'Ève avant de lui demander de soulever son pantalon et de vérifier ses prothèses.

Ève récupère ses affaires et disparaît dans la foule.

Matt Mauser enfile ses lunettes de soleil pour cacher ses larmes.

II

Paris

3

Aquarium de Paris.
13 000 poissons et invertébrés.
2 500 méduses de cinquante espèces différentes.
700 colonies de coraux.
4 millions de litres d'eau.
Et une sirène.

Dans un bureau au sous-sol, la large baie vitrée donne sur l'un des bassins de l'aquarium. Ève est assise face au président administratif, au directeur technique, à l'assistante cheffe de projet événementiel, au responsable pédagogique et au *social media manager*. Pourtant, ne pas se fier au cadre surprenant et enchanteur visible dans leur dos ; il s'agit d'un classique entretien d'embauche où il faut se vendre (plaire, rassurer, convaincre). La sirène titulaire est indisponible pour les quinze prochains jours, la proposition est son remplacement au pied levé…

« Ou à la nageoire, si vous préférez », plaisante connement le responsable pédagogique.

Ève a du mal à se concentrer, son attention est attirée par le mouvement ample d'une raie manta ondulant derrière la vitre.

« Quand est-ce que je devrai commencer ? demande Ève.

— Demain après-midi, répond le directeur. Une animation de quinze minutes, environ. Puis six animations pendant les deux jours du week-end. Nos réservations sont complètes depuis un mois, pas question d'annuler.

— Je vous fournirai une vidéo afin de mémoriser le déroulé de la séance, ajoute l'assistante cheffe de projet événementiel. Plongée en verticale, nage au milieu des poissons et chorégraphie de votre choix. Bises machins et…

— Bisous-bulles…

— … Oui, voilà, et vous terminez par un salut aux spectateurs face à l'aquarium, bref le programme standard.

— Vous êtes un peu l'équivalent aquatique du Père Noël, complète le *social media manager*. Vous vendez du rêve à un public constitué essentiellement d'enfants et de leurs parents. »

Suggestion du responsable technique à ses collègues : « Le mieux est de faire un essai tout de suite, non ? Dans le meilleur des cas, ça nous évitera un entretien avec la prochaine postulante.

— Très bien, Joël, on y va comme ça, répond le directeur. C'est OK pour vous, Ève ? Disons dans trois quarts d'heure, le temps de vous préparer ?

— Oui, mais le rêve a un prix. Combien proposez-vous ?

— Heu, oui, bien sûr… Eh bien, nous avons fixé deux cent cinquante euros la prestation, cela vous convient ?

— Pas du tout.

— Hem, je…

— La sirène titulaire est payée le double.

— Ce que vous n'êtes pas, rétorque l'assistante cheffe de projet événementiel (pourquoi les femmes sont souvent plus vaches avec les femmes ?).

— Cinq cents. À prendre ou à laisser, annonce Ève.

— Depuis quand est-ce qu'une employée dicte les règles ? insiste l'assistante.

— Vous n'avez pas d'autre sirène à voir aujourd'hui. Alors ?

— Alors, vous avez intérêt à réussir votre essai, sinon vous serez blacklistée par tous les aquariums de la planète », conclut le directeur.

*

Dans les vestiaires, Ève prend son temps pour se préparer. Le rituel que l'on connaît. Mais cette fois, elle se concentre davantage sur ses exercices respiratoires. Son ventre se creuse jusqu'à toucher sa colonne vertébrale. Il lui faut ce boulot. Pas pour l'argent, on le verra plus tard, sa situation sur ce point est positivement complexe. Non, elle a besoin de visibilité, de se faire connaître. Que son nom circule, qu'il remonte les méandres de la notoriété afin d'atteindre un lieu précis.

Un lieu qui est un homme.

Lorsqu'elle est prête, elle frappe trois coups à la porte. Un gardien arrive et la soulève dans ses bras pour l'emmener. Cinquante kilos auxquels il faut ajouter les quinze de la queue. Ève sourit au garçon : « Quand vous étiez petit, vous pensiez devenir porteur de sirènes ?

— Je voulais devenir astronaute, plaisante-t-il.

— L'eau, c'est l'espace du pauvre », ne plaisante pas Ève.

Le gardien la dépose au bord du bassin de la zone 10, celui donnant sur la salle de spectacle. Ève le remercie, c'était agréable de se faire porter ainsi. Assise au bord de l'aquarium, elle mouille son cou, ses bras, son torse, avant de se laisser couler dans l'eau froide et salée, une eau océanique. Son cœur bat avec une double arythmie, ignorer ses doléances, surtout ne pas se crisper. Elle délie ses muscles avec des mouvements en surface, ondule sur une dizaine de mètres et revient vers le bord pour ajuster une baleine de son soutien-gorge. Une voix dans le haut-parleur lui signale que le directeur et son *staff* sont prêts, que c'est à elle, quand elle veut...

Ève nage sur le dos, expire et inspire profondément, vrille soudain et plonge à la verticale. Les bancs de poissons colorés s'écartent sur son passage pour se recomposer aussitôt derrière elle. Carangues lunes, balistes clowns, poissons-mandarins, poissons-perroquets arc-en-ciel... Un requin-zèbre l'ignore, l'homme a inventé les sirènes. En revanche, Ève prête une attention particulière aux raies mantas et à leur dard empoisonné, le seul réel danger dans ce monde artificiel situé dans une métropole à 200 kilomètres de l'océan.

Ève pousse sur ses cuisses, sa nageoire ondoie, lente et majestueuse. Elle bouche ses narines entre le pouce et l'index, soulage ses tympans, descend plus bas avant d'entamer une série de figures de danseuse en apesanteur. Mouvements se voulant gracieux, convenus, ce qu'on attend d'elle. Les yeux ouverts, elle fait comme si elle voyait le public derrière la vitre en acrylique et plexiglas de 12,5 centimètres d'épaisseur; elle salue de la main en souriant, lui envoie des bisous-bulles avant de remonter à la surface chercher son oxygène.

Le tout lui a pris environ trois minutes. C'est amplement suffisant pour réussir son test, mais Ève y retourne, redescend lentement les dix mètres. Dans la salle, le *staff* s'était déjà levé des fauteuils et, du coup, on se rassied, curieux de savoir pourquoi elle revient.

Ève se laisse couler jusqu'à toucher le fond peuplé d'anémones-bijoux. Des bulles d'air s'échappent de sa bouche et de son nez. Doucement, avec grâce, elle se couche sur un rocher, ferme les yeux et fait mine de s'endormir. Dans la salle, on attend, les minutes passent, le directeur se tourne et regarde ses collègues, l'assistante cheffe de projet hausse les épaules, ne sachant quoi répondre à la question silencieuse qu'ils se posent tous. La sirène dort toujours sur son rocher.

« Mais qu'est-ce qu'elle fout, putain ? s'écrie le directeur. Joël, envoie un plongeur, grouille ! »

Joël quitte la salle, le *social media manager* se précipite sur la vitre de l'aquarium et frappe dessus avec son poing.

Ève ouvre les yeux comme si elle était surprise de se réveiller. Elle sourit, adresse un petit salut de la main, innocent et aveugle, et remonte à la surface, indolente.

Plus de six minutes en apnée.

Parfois, Ève s'oublie, elle pourrait mourir comme ça.

Parce que dans rêve, il y a Ève.

4

Mais la réalité est plus prosaïque : Uber, Just Eat, Airbnb. Qui aurait imaginé que ces mots entreraient en littérature ? *(Complosphère, mégenrer, multivers, crush, ghoster, nasser, boboïser, malaisant, écoanxiété, bader, parkour, chiller, végétaliser, prioriser, mysoginoir, flexivore, proactif, clivant…)*

Autant le savoir tout de suite : on ne verra pas grand-chose de Paris. Apparaîtront ainsi des zones d'ombre qu'il ne faudra pas chercher à éclairer. La géographie n'est que le décor, l'humain est le territoire.

Assise à l'arrière de la Citroën *Aircross*, Ève ne fait que passer et entrevoir, le temps d'arriver à son logement, son existence qu'elle vit en spectatrice, hors de l'eau.

Appartement. Aquarium. Appartement.

La synthèse se fera plus tard, se fera ailleurs.

Les Jeux olympiques approchent, on rénove les façades, on prépare les médailles en chocolat et le passage du temps avec fracas. La grand-messe et son bruit, ses heurts, ses champions et ses exclus de la prospérité. Les clochards occupent encore leurs bouts de trottoir (l'important est de participer), les amas de trottinettes électriques abondent (le gouvernement a consenti), les flots d'urine serpentent entre deux publicités monstres, posées sur les échafaudages, et retournent à la Seine où des élues se baigneront en combinaison intégrale (le Comité olympique et les multinationales seront repus).

C'est tout ce qu'on saura de Paris, capitale mondiale du spleen.

Le sport, c'est toujours mieux après, n'est-ce pas, Ève ?

Car ce soir, elle est une femme sur un étroit balcon donnant sur les toits, la place pour une seule chaise au crépuscule. Assise de biais, elle cogne ses prothèses contre le parapet quand elle bouge ses jambes, choc des métaux, sourde vibration qui perdure dans ses os. Plus loin : la pointe de la tour Eiffel. Métal encore. Plus haut : le passage des hirondelles, leur vol saccadé, bec ouvert. Pas de « ballet » ni de « danse », plutôt évoquer que d'écrire une banalité. Plus haut encore : les nuages s'amoncellent, incertains entre le rose et l'orage. Les moustiques s'agacent et deviennent voraces, mais son sang n'est pas un bon festin.

La cour intérieure sur laquelle donne le balcon la préserve de la cacophonie des terrasses de bars. Lui parviennent, par bribes, des égarements de gyrophares que d'autres nommeraient des sirènes. Le bruit est sa crainte. La promiscuité est sa hantise. L'amalgame et le trop-plein qui étouffent : seulement 21 % d'oxygène à disposition sur la planète.

Ève retourne à l'intérieur de son meublé *open space* et sort son repas du frigo : douze fines de claire qu'elle s'est fait livrer par l'écailler, ainsi qu'une bouteille de chardonnay. Limite fixée à deux verres. L'ivresse la gagne facilement, qu'elle soit liée à l'alcool ou aux profondeurs. Elle voudrait s'y laisser aller, doit s'en méfier.

Son repas terminé, elle écarte son assiette sur l'îlot central en ardoise. Mal assise sur son tabouret, une fesse dans le vide, elle s'essuie les doigts avec la serviette et saisit son MacBook, l'ouvre.

Un message de Matt l'informe qu'elle trouvera en pièces jointes les informations relatives aux parents de Maëva, ainsi que la photo de sa fille en haute résolution. Il termine son message en disant que la femme riche et amoureuse de son prof de tennis s'est suicidée le matin même, que de vouloir connaître la vérité demande du courage et que, la plupart du temps, c'est une saloperie. Mais surtout, qu'il se sent une vraie merde. Il lui demande de réfléchir encore pour la suite, et l'embrasse.

Le second message provient d'un certain Jay Taylor qui demande confirmation de sa venue en Australie, si tout est *okay* pour elle.

Ève réduit la fenêtre de sa messagerie, active la reconnaissance vocale : *Julie* se manifeste par un faisceau de couleurs apparaissant au milieu de l'écran. Sa voix de synthèse vibre dans la solitude de l'appartement.

« *Bonsoir. Quelle est votre question ?*

— Julie, demande-moi comment je vais.

— *C'est compris. Comment allez-vous ?*

— Je n'ai pas trop le moral.

— *Je n'ai pas compris. Veuillez répéter la question.*

— ...

— *Je n'ai pas compris. Veuillez répéter la question.*

— Julie, trouve-moi un vol Paris-Tokyo, départ dans une semaine, le vingt-trois, ainsi qu'un hôtel pour une nuit. Je veux plusieurs propositions de logement dans le centre-ville. Je veux les résultats par écrit dans ma messagerie.

— *C'est compris. Julie active la recherche.* »

Ève retourne sur le balcon, s'appuie au garde-fou, le déséquilibre rôde, la chute l'emportera tôt ou tard. Elle lève les yeux au ciel, les nuages ont finalement renoncé à l'orage et se sont dissous, pourtant les étoiles restent invisibles au-dessus de la Ville lumière.

S'il n'y avait pas les fenêtres du bâtiment d'en face, elle se déshabillerait dans la brise tiède, ses prothèses pour seul vêtement. Mais voilà que la vie se penche par les vitres ouvertes, se manifeste et s'expose dans les pièces illuminées tandis qu'elle demeure dans l'ombre et le silence. Observer les voisins à la dérobée, la vie singulière défilant au hasard des gestes anodins : ouvrir un placard, boire un verre d'eau, fumer une cigarette, embrasser une nuque... Ève ramène une mèche de ses cheveux derrière l'oreille, ce baiser de l'homme enlaçant la femme par-derrière la trouble. Les yeux de la femme se ferment, ses lèvres cherchent celles de l'homme par une torsion du cou. C'est exactement cela qui la détruit, ce feu qui la consume au milieu du chemin de sa vie : l'infinie tendresse que disent ces lèvres sur cette peau, voilà ce qui la laisse exsangue et sans force, cette vision insoutenable du désir et de l'amour.

Le carillon de son ordinateur la sort de sa torpeur, la fait revenir dans le living et baisser la tête sur son écran. L'univers n'est ni plus haut ni tout autour, on ne fait plus que baisser les yeux.

Julie et ses algorithmes ont bien travaillé. Tout est lisible dans l'instantané et dans sa messagerie : dates, horaires, tarifs, lieux. Ève sauvegarde les documents, revient au mail précédent, informe Jay Taylor qu'elle retarde son arrivée de vingt-quatre heures, un impératif l'obligeant à faire escale à Tokyo. C'est à prendre ou à laisser, le sous-entendu est clair. S'ils veulent d'elle, ils patienteront.

Le plus difficile n'est pas de se faire désirer, non.

Le plus difficile est de cliquer sur l'icône où apparaît la photo de sa fille envoyée par Matt.

Maëva.

Tout est là, oui.

L'humain est le territoire.
Ève termine son verre cul sec,
Chose promise, chose bue.
Le fruit de tes entrailles est banni.

5

C'est tout sourire, paillettes et maquillage, mais ces quinze minutes sous l'eau sont une épreuve. La superficialité et l'illusion sont une épreuve. Les raies mantas sont apparues agitées – nage nerveuse, changements de trajectoire permanents –, la sirène de pacotille est une provocation dans leur captivité silencieuse. Ève a tenté un cri sous-marin et sans écho. Rappelle-toi que ton corps est composé de 72,3 % d'eau. Il y a des ondes, des flux, des fréquences audibles seulement par les poissons. Pour Ève aussi, devenue objet fractal du monde, spécimen entre deux espèces et qui perçoit, ressent, et éprouve dans la difformité. La folie rôde, comment l'expliquer, comment faire comprendre cette chute de l'âme qui déraille ?

Les poissons sont fébriles et les humains n'écoutent plus.

Ève remonte à la surface sous les applaudissements qu'elle n'entend pas derrière le verre épais. Les raies, qui sont les diables des mers, ne veulent plus d'elle, la frôlent dangereusement, le moment est venu de foutre le camp, ça tombe bien c'est sa dernière représentation.

Le gardien l'aide à sortir du bassin en la soulevant par les aisselles. L'homme a un prénom, on l'a déjà rencontré précédemment, mais sur son T-shirt est écrit « gardien » et ça nous suffira. L'anonymat n'est pas l'indifférence, et ces bras forts et solides suffiront à Ève pour se souvenir de lui.

Sur le banc où il l'a assise, Ève se penche, tend sa main et verrouille la porte, s'adosse à la paroi pour souffler. Le ronronnement de la ventilation brouille le silence. Torsion des bras dans le dos, elle décroche le bustier en silicone, libère sa poitrine des faux coquillages. Autrefois, elle avait un grain de beauté sur le bord extérieur de chaque sein. Le chirurgien, affairé sur son corps inerte qu'il fallait reconstruire, ignorait ce détail. Dans la réparation, quelle qu'elle soit, il y a forcément une perte. Ève touche ses mamelons froids, la sensation est là, la peau est un organe de la mémoire.

Ève entend frapper à la porte, ouvre les yeux. Elle demande qui c'est, une voix de femme lui répond. Ève est encore assise, les cuisses prisonnières de sa queue. Ce qui l'arrange, elle préserve du mieux qu'elle peut le secret de ses mutilations. Elle se penche à nouveau et déverrouille.

Une femme blonde entre et referme derrière elle. Elle reste debout, grande, mince, cheveux longs. Elle n'a pas 40 ans, jauge Ève. La femme regarde ses seins refaits, évalue sa rivale. Ses yeux bleus fixent les yeux bleus d'Ève. Nous sommes dans un atoll d'eau limpide et paradisiaque, mais ne pas s'y fier : le danger guette sous la surface. Ève a reconnu Émilie, la sirène titulaire dont plusieurs photos sont affichées dans le vestiaire, sur les prospectus et sur les publicités de l'aquarium. Les yeux bleus atténuent la colère qu'ils expriment, c'est leur chance ou leur malheur. En réalité, Émilie est furieuse.

« À quoi tu joues, putain ?! J'étais là, je t'ai vue. C'est quoi ce truc de t'endormir au fond du bassin ? »

Émilie s'avance, saisit brutalement le poignet d'Ève qui se

dégage en grimaçant. « Réponds, bordel ! Tu veux me piquer mon boulot ? J'ai bien compris que tu tiens sept minutes, connasse.

— Neuf, rectifie Ève. Je peux tenir neuf minutes.

— Ici, c'est chez moi.

— Neuf longues minutes.

— J'en ai bavé pour créer ce spectacle, c'est moi qui ai tout inventé. Le concept, les techniques, les shows, les queues en silicone ! Je suis la première. Toi et les autres, vous êtes arrivées après. Vous me devez tout ! »

Ça lui reprend, à Ève, cette histoire de détachement de soi et de vision extralucide de l'autre : l'image d'une petite fille mendiant l'amour d'une mère égoïste et d'un père indifférent ; une immense solitude et l'anorexie comme seul moyen de contrôler ce qui peut l'être. Mais au lieu de commisération, Ève adopte la ligne dure, pas question de céder à la sensiblerie :

« Le temps passe pour toi aussi, Émilie.

— Salope. C'est quoi ton problème ? Le fric ? La célébrité ? »

Émilie la défie encore du regard, comprend soudain. Elle est debout, mais c'est elle qui a perdu. « Ils t'ont proposé mon poste, c'est ça ?

— Oui. »

L'autre sirène accuse le coup, s'assied sur le banc du vestiaire face à Ève, qui dit :

« Mais j'ai refusé. »

Émilie relève son visage, elle a de la peine à contenir ses larmes.

« Qu'est-ce que tu cherches, alors ?

— Ce sont mes affaires, mais je ne peux pas m'arrêter. Je suis comme le squale. Si je m'arrête, je meurs. »

Émilie essuie son visage avec la serviette que lui tend Êve, abandonne des traces d'*eye-liner* sur le coton blanc.

« T'es barge, c'est ça ?

— Écoute-moi, Émilie. Faire la sirène, c'est pas une vie. Ne les laisse pas te virer, pars avant, quitte cette folie. Trouve-toi un ailleurs et une place au soleil, tout ça va s'effondrer, tu comprends ? »

La fille se lève, lui rend la serviette, mal à l'aise.

« Ouais, c'est ça. T'es complètement givrée. »

Et claque la porte.

6

Êve traverse le hall principal de Roissy-Charles-de-Gaulle.

Tous unis.

Les bagages sont enregistrés.

Attentifs ensemble.

Elle se dirige vers les contrôles de sécurité de son pas d'automate, évite de penser aux quatorze heures de vol qui l'attendent.

Ne laissez pas vos bagages sans surveillance.

Par chance, c'est un vol de nuit.

Tous responsables.

Un Rohypnol et un gros dodo.

La sécurité, c'est l'affaire de tous.

Comme de coutume – après que ses jambes ont sonné au détecteur de métaux et que l'employé de la sécurité lui a demandé de lever son pantalon, elle dit, et ça c'est nouveau :

« Et mes jambes, tu les aimes, mes jambes ? »

Ève rit, puis s'avance pour récupérer son sac à dos et ses affaires dans les deux paniers sortant du tapis roulant.

On regarde ailleurs et on la laisse partir.

Elle fait un détour par les toilettes où un mode d'emploi fixé au-dessus des lavabos explique comment se laver les mains et les sécher correctement.

Ève décide de suivre les neuf étapes. Neuf, comme le parcours du deuil :

Mouillez-vous les mains et prenez du savon – (Annonce)

Frottez vos paumes l'une contre l'autre – (Choc)

Frottez votre paume droite sur le dos de votre main gauche en croisant les doigts et inversement – (Déni)

Frottez vos paumes l'une contre l'autre en croisant les doigts – (Colère)

Frottez le dos de vos doigts contre vos paumes – (Marchandage)

Faites des cercles dans votre main droite avec votre pouce gauche et inversement – (Tristesse)

Faites des cercles sur vos paumes avec vos doigts – (Résignation)

Rincez vos mains avec de l'eau – (Acceptation)

Séchez vos mains – (Reconstruction).

Les mains propres, elle se regarde dans le miroir. Personne autour d'elle, alors elle remue les lèvres en silence et se fait encore son cinéma :

« Pourquoi tu ne m'aimes plus ? C'est la vie. »

*

Une fois installée sur le siège 30L (près de la sortie de secours, privilège du handicap), ceinture bouclée et appareil prêt au décollage, Ève se demande si le moment n'est pas venu de mourir. La réponse est : pas tout à fait.

Alors, elle ferme les yeux et espère que l'avion arrivera à destination.

*

Ève a dîné d'un bar issu de la pêche durable accompagné de deux verres de chablis (pas de menu signé Anne-Sophie Pic en *Premium Economy*, mais des plats labellisés Nutri-Score A ou B avec des produits locaux et de saison), et pris un whisky-Rohypnol comme dessert. Le somnifère, c'est surtout pour fuir la douleur provoquée par la pression atmosphérique et le sang s'accumulant dans ses moignons. Elle a aussi enfilé des boules Quies, ne plus entendre le ronflement de la climatisation, les voix feutrées ou les bips technologiques. S'isoler comme au fond de l'eau, trouver un silence qui s'en approche, celui du corps qui respire, du sang qui pulse et des bruits à l'intérieur de soi.

À présent, elle dort, une couverture sur les genoux et un coussin de voyage autour du cou. À côté d'elle, le siège est vide, son bras ne touche pas le coude du voisin.

Nous sommes dans le ciel entre Paris et Tokyo, sans doute au-dessus de la Turquie. La nuit est bleue, les milliards d'étoiles sont à portée de regard pour peu qu'on colle son visage au hublot. La cabine est calme, les bébés ont cessé de pleurer, quelques parents ont sombré dans un sommeil brutal, bouche ouverte. Certains lisent, la plupart regardent un film sur l'écran disposé face à leur siège, écouteurs sur les oreilles. On a baissé l'éclairage, lumières tamisées, ambiance intime. De temps à autre, une hôtesse ou un steward passent dans les allées pour accéder à la requête d'un passager ayant allumé sa loupiote. Hormis le ronronnement sourd des moteurs et quelques soubresauts qui nous rappellent ce miracle de technologie, on aurait presque envie d'être là, dans cet Airbus A350, partager avec ses passagers la précarité de ce cocon artificiel se déplaçant à une vitesse de croisière de 800 km/h, trente mille pieds au-dessus de la Terre.

Dans le calme et le silence, on a le temps d'expliquer dans quel état Ève est arrivée aux urgences de l'hôpital, il y a sept ans.

On prend une longue inspiration, et on y va :

Dès sa dépose par l'ambulance, elle est prise en charge par l'unité de déchocage, « code rouge », afin de stabiliser ses fonctions vitales. En réalité, il aurait fallu donner son nom à un code spécifique, car la première question qu'a dû se poser le *Trauma Leader*, après le rapport du médecin ambulancier à la *Trauma Team* réunie autour de lui, est : par où commencer ?

Visage : mâchoire arrachée, dentition brisée, nez cassé, pommettes éclatées.

Thorax : sternum enfoncé, onze côtes brisées, poitrine en lambeaux.

Ventre : rate éclatée.

Jambes : droite, arrachée au niveau du mollet – gauche, en bouillie au-dessous du genou.

Le cerveau : en coma profond. Électroencéphalogramme plat. Aucune activité électrique spontanée.

L'accidentée en est à son septième mois de grossesse.

Dans ce corps dévasté, la jolie rondeur a été préservée comme un îlot de paix.

Et c'est par-là que tout commence, que les gestes arrivent et que la dynamique se met en marche : sauver cette première vie. Au milieu des sondes et des perfusions, pratiquer une césarienne pour un grand prématuré. Sortir ce corps vivant du corps à moitié mort, le chirurgien obstétrique extrait le bébé – son cri et ses pleurs, les sourires qu'il arrache à tous les présents, malgré eux, derrière les masques –, le passe à son assistante, extrait le placenta, suture la plaie, et cède aussitôt la place à sa collègue spécialisée en chirurgie viscérale qui s'emploie à exporter la rate, tandis que, plus haut, le maxillo-facial s'occupe de reconstruire une mâchoire provisoire. Duo qui s'ignore, chacun affairé sur son coin de chair, spécialisé dans son domaine, approche pas du tout holistique – on est dans l'urgence, leur sang-froid, leur logique, leur dextérité, le protocole en marche. C'est au tour du thoracique de rafistoler les os rompus, de souder, recomposer le puzzle, à l'orthopédique d'amputer les deux jambes, sous la surveillance constante de l'anesthésiste et les yeux des infirmières qui s'affairent avec les ustensiles, prennent, donnent, apportent, essuient, enroulent, déroulent, arrachent, coupent, font et défont, vont et viennent, jettent, lavent, observent écrans et moniteurs. Phrases lapidaires, ordres, jurons, phrases répétées se superposant aux signaux sonores des machines, aux bruits de succion des tuyaux et pipettes aspirantes, les battements cardiaques maintenus stables par les contractions régulières du ballon de contre-pulsion intra-aortique, son mouvement d'accordéon, le souffle artificiel qu'il exhale. Les mains, les mains de ces hommes et de ces femmes, leurs doigts explorent, tâtent, touchent, prennent, donnent découpent, recousent. Ce sont des mains que vous avez pu serrer, qui vous ont peut-être caressé ou giflé. Le cœur tient, la machine le fait tenir, ils continuent, le cœur de cette femme, le corps de cette femme et son harmonie antérieure que l'on ne peut que reconstruire avec l'imagination, les plis et replis, l'intimité de ce corps, les lignes et les harmonies qu'il faut déduire sur l'instant, là où il n'y a plus que la difformité ou le vide.

Cette femme-là, c'est Nathalie Sauget, 26 ans.

Il était une fois.

Avant qu'elle ne revienne de si loin.

Avant qu'elle ne devienne Ève.

Parce que dans rêve, il y a.

III

Tokyo

7

Ève sort du terminal 1N à 09 h 39 et, déjà, on la regarde autrement depuis que l'on sait qu'elle a été une autre. Sous le dôme vitré, dans la brillance du marbre et de l'aluminium brossé, suivant le flux des passagers, elle pousse tout en s'y soutenant le chariot sur lequel sont posés sa valise, son sac de sport et sa queue en silicone.

Les installations standards de l'aéroport d'Haneda en font un territoire encore connu pour elle, ces espaces impersonnels devenus des jalons sur son chemin de croix.

Sous peu, la désorientation sera majeure, de nouveaux signes remplaceront les lettres connues. Mais Ève ne craint pas les abysses ni la perte de repères. Au fond, c'est ce qu'elle recherche : jouer avec les distances, la confusion et les confins. Accumulation de fuseaux horaires et de lieux sans mémoire.

Ève rejoint la station de taxis, s'ajoute à la file indienne. Arrive son tour et le chauffeur s'incline pour la saluer, prend ses bagages qu'il range dans le coffre de son break Honda-e. Il ouvre la portière à sa cliente. Il ne dit rien, il sait qu'il ne sera pas compris. Ève lui tend un papier sur lequel elle a inscrit le nom de l'hôtel dans le quartier d'Asakusabashi, district de Taito. Le chauffeur prend le papier et remercie encore.

Ève s'assied dans la voiture avec les mouvements particuliers qu'on lui connaît. Le chauffeur attend qu'elle soit installée, referme la portière. Le temps qu'il contourne l'habitacle, Ève se dit qu'être seule au monde, c'est se retrouver dans un taxi à Tokyo. Mais cette sensation n'est pas une angoisse, elle a appris qu'après un certain seuil d'égarement, chacun porte son exil au fond de soi.

La voiture démarre et se faufile dans le flot de la circulation. Comme à son habitude, Ève observe le monde derrière une vitre. Le point de vue change puisqu'ici on roule à gauche. Ça paraît sans importance, et pourtant c'est comme si son corps basculait dans une autre abstraction, le poids qu'il faut investir et porter sur l'autre coude qui n'a pas coutume de reposer sur l'accoudoir de la portière. Légère tension inhabituelle du cou : ici, elle distingue des lignes claires, l'ordre et la propreté. (Respect, organisation, hiérarchie). Trafic fluide parce que plus lent ? Davantage de discipline de conduite ? De civisme ? De patience ? Non, laissons tomber les stéréotypes. C'est beaucoup plus trivial : au Japon, 95 % des rues n'ont pas de place de stationnement. Pas de place de parking dédié, pas de voiture. C'est comme pour toi, Ève : pas de jambes, pas d'amour. À part ça, au-delà du dépaysement d'un alphabet indéchiffrable et des rues devenant de plus en plus étroites et bariolées, au fur et à mesure qu'on approche le centre-ville de cette mégapole de quatorze millions d'habitants, c'est davantage de cohue piétonne que de circulation congestionnée. Ce qu'elle appréhende, ce qui lui fait fermer les yeux afin de juguler la panique : est-ce toi, Ève, ou le monde, qui implose ? Le devoir de régénérescence, la motivation, l'enthousiasme qu'il faut aller chercher au fond de soi-même, le partout pareil qui revient et lasse. Parfois, dans les creux et les moments de chute, dans les dépressions où le cœur décroche et cogne à la base des poumons, c'en est à se taper la tête contre les murs de désolation. Lors de ces moments d'extrême abattement, il est préférable de garder les yeux clos, surtout ne pas croiser ceux du chauffeur dans le rétroviseur, attendre d'arriver à destination comme si elle s'était assoupie.

Baisser les paupières, juste une femme fatiguée après un long voyage.

(La moitié du globe parcouru, tout de même).

Ouvrir les yeux, et le monde serait neuf, intact et primordial.

En l'occurrence : hôtel Mystays, chambre standard semi-double, note moyenne des voyageurs : 8,9. « *Situé dans une rue calme, mais pas loin des rues plus animées et proche des transports en commun, très pratique – Propreté et literie confortable, chambres climatisées – Vue sur la Skytree Tower – Films à la demande disponibles – Brosses à dents et articles de toilette gratuits – Lave-linge et service de nettoyage à sec accessibles gratuitement – La réception assure un service de location d'ordinateurs portables et peut également organiser des massages en chambre pour vous détendre après une longue journée – Une supérette est aménagée au rez-de-chaussée – Séjour impeccable.* » (Annie, France)

Pratique comme une description sur Booking.

Toutefois, Ève n'avait pas envisagé les chaises au ras du sol, le coin détente en tatami, le lit futon et autres joyeusetés conçues pour des personnes avec tous leurs membres fonctionnels. Avez-vous déjà pris le thé en croisant vos jambes de titane à même le sol ?

Plus sérieusement : voilà Ève allongée sur son lit regardant la *Skytree Tower* (634 mètres) à 10 h 43 d'un matin tokyoïte. Est-ce que ça valait le coup de faire ce voyage ? La réponse est oui. Rien ne se perd, tout se recrée dans l'impermanence.

Elle allume son MacBook posé sur ses cuisses. Clique sur le seul message qu'elle a reçu, ouvre les pièces jointes que lui a envoyées Matt Mauser. Tout y est : adresse, horaires, instructions. Il l'informe également qu'il s'est mis à la recherche du chauffeur et l'avertira dès qu'il aura du nouveau.

Ève referme l'écran, enlève ses prothèses qu'elle pose près du lit. Elle oublie souvent de nettoyer la semelle de ses chaussures, elle se dit qu'elle devrait faire plus attention, ce n'est pas parce que les baskets sont fixées sur du titane qu'elles sont moins sales pour autant.

Elle masse ses moignons, les enduit de crème. Gestes déjà vus, répétés, essentiels. Dans son cas, quel avenir pour la réflexologie plantaire ? Où vont se nicher les liaisons nerveuses reliées aux organes ? Est-ce que tout cela est perdu, transformé, déplacé ? Elle tranche en se soulevant sur ses bras et en marchant sur les mains jusqu'à la salle de bains. Elle devrait le faire plus souvent, elle se souvient de combien elle adorait ça quand elle était gosse, comme faire la roue et courir jusqu'à en perdre haleine. Mais à l'âge de dix ans, comment aurait-elle pu imaginer que cela lui serait utile un jour ?

Après, une fois libérée des prothèses, s'asseoir par terre et croiser les jambes est un jeu d'enfant.

Parce qu'ici, précisément à Tokyo, c'est de l'enfance dont il s'agit.

*

C'est qu'il lui faut occuper le temps jusqu'à 15 h 30.

Après avoir pris une douche, Ève appelle un taxi et se fait emmener au *SunSun Tanning Salon*, dans Shibuya-ku. C'est un peu comme chercher un restaurant végane en Argentine. Cela dit, on trouve toujours, la notion de marché de niche est universelle, bien que les Japonais préfèrent assurément les peaux blanches. Mais surtout ne pas voir dans cette volonté une forme de superficialité. Ève s'est demandé comment pourrait être la peau d'une sirène et, finalement, elle a opté – outre une épilation définitive – pour un bronzage permanent. D'abord, afin de dissimuler ses cicatrices. Ensuite, parce qu'une sirène, ça reste de longues heures sur un rocher à regarder dans le lointain en soupirant et que, forcément, pendant ce temps, la mélanine absorbe les ultraviolets en même temps que la mélancolie.

Le salon est tout confort – jacuzzi, douches privatives, salle de repos –, et d'une hygiène irréprochable. Ève sort sa carte de crédit. Une jeune Japonaise à la peau cuivrée, vêtue d'un top et d'un legging blanc, encaisse et accompagne Ève jusqu'à sa cabine équipée d'un peignoir, de pantoufles, serviettes et produits de toilette.

Ève remercie en anglais et referme la porte. Elle se déshabille, décroche ses prothèses, chausse ses lunettes de solarium et se couche nue dans la machine dont elle referme le couvercle. Dans la lumière spectrale bleue, elle s'offre une double séance de vingt minutes, recto/verso. On n'est pas à un cancer près. De toute façon, Ève n'a pas l'intention de vieillir, même si Andersen prête aux *Sirena Mirabilis* une espérance de vie de 300 siècles et Hésiode, carrément optimiste, va jusqu'à leur donner une longévité de 291 600 ans.

Dans une temporalité moins ambitieuse, après l'heure passée au *SunSun*, Ève déjeune d'un *ramen* avec œuf, pak-choï et champignons, et monte ensuite dans un taxi qui l'emmène au district Kita-ku, écourtant ainsi l'attente jusqu'à devenir aussi mince que du papier à cigarette.

Une fois seule sur le trottoir face au lycée français de Tokyo – bâtiment fonctionnel dans un quartier à l'architecture impersonnelle –, voilà qu'elle est à nouveau assaillie par ce sentiment de découragement. Il faut admettre que l'épreuve qu'elle va s'infliger est de taille. Les parents arrivent les uns après les autres, s'agglutinent sur l'esplanade devant l'entrée, surtout des mamans qui se disent bonjour, échangent quelques mots ou font connaissance (l'année scolaire ne fait que commencer). La plupart garent leur voiture à cheval sur le trottoir, créant une confusion et parfois des conflits se résolvent à coups de sourires courtois et de formules de politesse. Et puisqu'il est question d'une fraction de temps aussi mince et fragile que du papier à rouler, Ève éprouve soudain la peur panique de rater sa sortie, d'avoir fait tout ce voyage inutilement. Elle s'est bêtement fixée un moment unique, une seule chance, rien qu'une seule, pour guetter sa fille à la sortie de l'école. Elle ferme les yeux, retrouver son refuge, son néant ; elle fait appel à ses techniques d'apnée, respire par le ventre, calme ses palpitations, s'isole du monde. Elle se remémore ce que lui a écrit Matt Mauser : *Repère le modèle de voiture, vérifie sa plaque minéralogique, ce sera ta balise.* Et comme cela lui arrive souvent, c'est en regardant le monde comme si elle le voyait pour la première fois qu'elle identifie la BMW correspondant à la description.

Elle rit, Ève.

Bayerische Motoren Werke. Un simple modèle de série 1, gris métallisé, et jamais une bagnole n'a été aussi belle à ses yeux.

Elle s'en approche jusqu'à frôler du bout des doigts la portière côté passager. Une femme dans la quarantaine sort de l'habitacle et contourne le véhicule. Ève l'observe à la dérobée jusqu'à ce que leurs regards se croisent. La femme lui sourit, elle ne peut pas savoir qui elle est, mais ce sourire lui poinçonne le cœur. Elle est belle, cette femme, belle comme la vie quand la vie vous donne sans reprendre, elle est entière, il ne lui manque plus rien puisqu'elle a adopté son enfant et qu'elle est devenue sa mère aux yeux du monde.

La sonnerie de 15 heures 30 retentit, celle de la sortie des élèves du primaire. Les enfants surgissent en courant, salve de fusil à plomb, projectiles désordonnés et criards. Ils ne portent pas l'uniforme de l'école japonaise comme Ève s'y attendait, elle aurait préféré, d'ailleurs. Chercher à la reconnaître par son seul visage, tester cet instinct maternel dont on parle tant, savoir si elle en est pourvue, si pour ça au moins, elle sera comme les autres.

Ève guette, fouille du regard, s'éloigne un peu de la voiture pour ne pas alerter la maman, ne pas paraître louche, elle qui attend son enfant, mais ne peut pas le dire, elle qui s'inflige cet acte de dépossession. Une tristesse sourde, permanente, indicible qui l'habite depuis des années, au-delà de son handicap, de l'humiliation, de la douleur physique, des épreuves de rééducation, des opérations et des anesthésies.

Ève scrute du regard et l'évidence apparaît : Maëva et ses cheveux noirs, Maëva un peu plus grande que les deux autres filles avec lesquelles elle discute en marchant. Cette physionomie ne l'étonne pas, l'Italien avec qui elle avait fait l'amour dans cet hôtel proche de la plage était un grand noiraud, un flirt de vacances en Sardaigne ; au lit ça n'avait pas été inoubliable, mais quand, de retour chez elle, elle avait su qu'elle était enceinte, elle avait effacé le numéro de Mauro et décidé de garder l'enfant. Les hommes, ça sert aussi à ça.

À présent, c'était Maëva. Maëva à qui elle n'avait pas eu le temps de donner un prénom. Maëva qui, apercevant sa maman, lâche ses copines et court vers elle, lui saute dans les bras. Ensuite, on observe les gestes banals d'une mère au quotidien, essuyer une trace sur sa joue avec le pouce, ouvrir la portière, attendre que son enfant s'installe sur le rehausseur, attacher sa ceinture... Le temps que la mère contourne la voiture dans l'autre sens, Ève tapote sur la vitre, attire l'attention de Maëva qui la regarde, surprise : leurs yeux se voient, 1, 2, 3 soleil.

Et ce sera la première et la dernière fois.

Le seul regard échangé.

La BMW démarre et c'est tout.

Ève a soudain honte d'elle-même, de sa peau trop bronzée, presque orange, avant que cette teinte artificielle s'estompe et qu'elle trouve l'occasion de s'allonger sous un vrai soleil et dans la vraie vie. Ce temps vague où elle se laisserait aller à ne rien faire, à juste être là.

Et exister.

Alors qu'elle est un fantôme.

Tout le monde repart et finit par disparaître ou se dissoudre. Enfants. Parents. Grands-parents. Nounous. Le brouhaha s'estompe, le silence est un soulagement. Mais c'est un soulagement meurtrier, le cœur transpercé par des aiguilles rouillées, un cœur de poupée de chiffon. La rue se vide, et Ève reste seule. Elle est comme une môme perdue dans un supermarché, elle attend ses parents qui ne viennent pas. Sauf que c'est le contraire, elle est une mère qui ne reverra plus jamais son enfant.

Désormais, oui, tu es prête à mourir, Ève.

*

Voilà.

C'est fait.

Il n'y a plus rien à attendre du Japon ni de cette journée.

(De cette vie ?)

Son vol Qantas pour Brisbane via Singapour est prévu ce soir à 23 h 25.

Il reste un dernier bout de temps à tuer.

(De cette vie qui est un duel avec le temps.)

Si.

Finalement.

On peut attendre encore quelque chose du Japon.

On peut encore vouloir se faire du mal.

Parfois, ça n'est jamais assez.

*

Il y a des choses qu'on ne peut pas demander à une intelligence artificielle. Comme réserver une maîtresse Domina spécialisée dans le *shibari* dans un *love hôtel* de Kabukicho district. La transgression, au-delà du *dark web*, a encore quelques pudeurs. Au fond, et à sa façon, *Julie* est une machine (une âme ?) bourgeoise. Elle donnera toujours des réponses circonstanciées et prudentes aux questions frontales, les questions *clivantes*, n'est-ce pas ? Et puis, ça la gêne Ève, de se donner en pâture aux algorithmes alors qu'elle se retrouve ligotée et suspendue à un crochet dans la position dite du « panier ».

Derrière les logiciels, il y a des hommes.

Dans la chambre, une imitation de donjon médiéval avec pierres apparentes en polystyrène, la *joosama* (reine) Aiko est une caricature, mais c'est comme ça qu'Ève l'a souhaitée : vêtue d'une combinaison de latex noire, chaussée de bottes à talons hauts, les cheveux noués dans un chignon strict. On n'est plus à un cliché près, de toute manière : tout se résume, se synthétise et s'abrège. Ça comme le reste. Ce sont les mêmes rues de centres-villes franchisés, les mêmes touristes en pèlerinage aux points phares du globe, les mêmes objets reçus par la poste TVA incluse, les mêmes phrases de deux cent quatre-vingts caractères pour un *tweet*, le mépris technocratique de la fin justifiant les moyens, l'idéal d'un monde inclusif fabriquant des blocs de pensée conformiste. Le monde est fatigué, Ève, et tes paupières sont lourdes, elles n'en peuvent plus de voir et d'entendre. Le *safeword* établi en amont avec ta *Queen* est *sunshine*, mais plus aucun rayon de soleil n'atteindra ton âme, Êve.

Aiko demande si ça va, *are you okay ?* On ne lui a jamais autant demandé si elle allait bien dans sa vie que durant ces deux heures de *bondage*. Le fameux *care*, appliquer le SSC – Sécuritaire, Sensé et Consensuel –, le calcul raisonnable des *bénéfices-risques*, toute cette merde d'un monde où Dieu ne vomit plus les tièdes. Ce à quoi Êve répond *more pain, please. More pain ? Yes, more.* Répéter le consentement, l'en assurer alors qu'Êve souhaite qu'on l'écrase, qu'on lui crache dessus, qu'on s'en foute d'elle, de ce qu'elle ressent, de ce qu'elle veut ou ne veut pas. Et Aiko resserre les nœuds, augmente la pression sur les *tsubos*, ces points de plaisir à la jonction des vaisseaux sanguins, lymphatiques et des glandes endocriniennes. Aiko est une des meilleures sur la place, et Êve ressent malgré elle une forme de plaisir dans la douleur des zones ciblées. Mais Êve, du plaisir, aussi subtil soit-il, elle n'en veut pas. Ce qu'elle veut, c'est la douleur seule, subir l'humiliation qu'elle essaie d'acheter, et ça donne quelque chose d'un peu ridicule, elle le sait, tout ça est un théâtre débonnaire, elle insiste tout de même : *more pain*. Aiko transpire à présent. Êve voudrait pouvoir lécher sa peau sous le caoutchouc, effacer d'un coup de langue sa fine moustache de sueur. Aiko tire la corde maîtresse, la soulève par le palan relié à la chaîne, la fait grimper de deux bons mètres, suspendue à son crochet, ses moignons de jambes comme des ailes amputées. *More pain*, et le fouet vient claquer sur ses cuisses, son ventre, son cou, son visage, *stronger, please*. Et dans cette tension physique, dans ce jeu du dominant/dominé, au fond, c'est toujours celui qui est l'objet qui l'emporte. *Are you still okay ?* On ne peut pas lire grand-chose dans les yeux d'Aiko, elle a appris à rester impassible, à masquer ses émotions, mais moi je sais qu'elle est poussée dans ses retranchements, qu'elle ajuste, comprime, étrangle, sangle, sachant qu'elle est sur le point de franchir la limite entre deux lacérations et les pressions répétées sur les pinces à tétons, les fameux accessoires *validés* par les deux partenaires en début de séance.

More pain, please. Ève le dit encore dans un souffle et le visage cramoisi, son collier serré à l'extrême limite de ce que Aiko s'autorise en tant que Domina.

Stop, I quit, now.

Car Aiko a compris que ce serait sans fin, ou jusqu'à la fin, justement. Celle qu'on approche millimètre par millimètre et ce que l'on atteint par négligence : l'accident.

Elle fait redescendre Ève par la poulie, lui fait toucher terre délicatement comme l'objet qu'elle est et qu'Aiko dépose au sol. Le corps cambré se stabilise, et Aiko s'emploie à détacher ses entraves, gestes précis, et chaque dénouement laisse affluer le sang là où la peau privée d'oxygène est devenue blanche. Les signes des liens sont visibles sur le corps nu, traces de skieurs sur la neige, mais son corps n'est plus une zone vierge depuis longtemps.

Aiko la soulève et l'aide à s'étendre sur le lit. La règle est de pratiquer *l'aftercare*, le suivi émotif et psychophysique d'une séance BDSM, un rituel de questions censées accompagner le retour au réel et auxquelles Ève ne souhaite absolument pas répondre. Elle a suffisamment de forces pour sortir sa carte de crédit qui sera débitée, grâce au petit appareil de poche utilisé par Aiko, sous l'intitulé « massages & spa ». Ensuite, Aiko s'en va et Ève reste encore une bonne heure dans ce décor moyenâgeux de carton-pâte. Nature presque morte, *Poupée brisée sur futon japonais*. Ensuite, elle retournera à son hôtel pour récupérer ses affaires et rejoindra Haneda Airport en taxi.

Une bonne heure à disposition pour faire ce qu'elle a fait tant de fois dans des dizaines de chambres d'hôtel anonymes ; mais cette fois-ci est particulière, c'est une cascade, une chute, une débâcle qui l'essore, la vide et l'assèche, jusqu'à devenir un jour momie.

Pleurer toutes les larmes de son corps.

IV

Point Lookout

8

Dans le matin lumineux, le train d'atterrissage du Boeing se déploie comme les griffes d'un chat. Le caoutchouc des pneus rebondit et se consume sur le béton de la piste, traces supplémentaires de l'agitation des hommes. L'appareil s'immobilise sur le tarmac, et c'est la fin d'une histoire et le début d'une autre.

Au-dessus du siège, la loupiote rouge du *fasten seat belt* s'éteint, accompagnée du motif sonore, tandis que l'hôtesse-cheffe de cabine annonce dans son micro l'arrivée à Brisbane, la température de 28° et l'usage à nouveau autorisé des appareils électroniques et du téléphone portable.

Tu es encore vivante, oui.

Et le monde toujours là.

Retour à la trivialité du réel et au retrait des bagages :

chuintement suivi du choc sourd des valises quand elles passent d'un tapis roulant à l'autre, tombent comme un fruit mûr sur la dernière boucle.

Dis-moi, Ève : que mets-tu dans ta valise pour passer d'un continent à l'autre ? En suivant l'été et la saison légère, le problème ne se pose pas.

Pourtant, la question n'est pas aussi futile qu'on pourrait le croire, elle pose l'équation du contenu adapté à l'espace et au temps.

Ce qui induit la question suivante : Où vas-tu, Ève ?

Réponse : L'important n'est pas où elle va, mais ce qu'elle attend.

*

Les portes coulissantes du hall s'ouvrent sur une petite foule compacte qui attend la sortie des passagers. La plupart se reconnaissent, s'élancent, rient, poussent un cri. En tout cas, deux d'entre eux ne se reconnaissent pas, ni cri ni extase, une simple tablette où est inscrit son nom sans accent circonflexe.

Ève se dirige vers l'homme : la trentaine, grand, élancé, cheveux mi-longs et soignés. Tenue décontractée, T-shirt blanc, *flyer jacket* légère, jean 501 et Ray-Ban *Aviator* pour citer quelques marques. Subjective et particulière, la beauté est toujours difficile à décrire, on ne sait jamais vraiment par quel bout s'y prendre ; mais d'après son apparence et de prime abord, l'homme en question est beau, oui, on est tous d'accord là-dessus.

Son regard la repère alors qu'elle se détache d'un groupe de touristes japonais, il a l'élégance d'ôter ses lunettes de soleil tandis qu'elle s'avance vers lui, poussant son chariot. Un léger sourire, la main se tend, paume sèche et veloutée, une poigne avec juste ce qu'il faut de pression entre douceur et fermeté. La poigne parfaite, et Ève ne peut qu'éprouver une forme de méfiance instinctive : d'une façon ou l'autre, elle sait que la perfection côtoie toujours l'obsession et la folie.

« Jay, se présente-t-il avec un fort accent australien.

— Je suis moi », répond Ève avec son accent à elle, c'est-à-dire de nulle part.

Jay sourit, propose de s'occuper de son chariot, elle dit volontiers. Jay pousse sur la barre horizontale, libère les roues de leur frein. Ève avance plus lentement dans son dos, il est surpris, mais ne dit rien à propos de son pas incertain. Après, tout, elle est une sirène et son domaine est aquatique. En revanche, il précise qu'ils ne sortiront pas de l'aéroport et se rendront directement à l'héliport.

« Nous en aurons pour une demi-heure de vol, précise Jay. À moins que vous ne souhaitiez survoler Brisbane et les environs. Je me ferais un plaisir de vous montrer la *Gold Coast*...

— Pourquoi, c'est vous qui pilotez ?

— Tout à fait.

— Merci, Jay, mais je crois que j'ai assez volé comme ça pour aujourd'hui... Hé, attendez, je ne voulais pas vous vexer, ce n'est pas parce que *vous* pilotez.

— Ne vous inquiétez pas, je ne suis pas le genre de personne à douter de quoi que ce soit.

— Parce que vous avez toujours eu ce que vous vouliez ?

— Exactement. »

Après avoir liquidé les formalités d'usage, Ève suit Jay dans une zone réservée du tarmac jusqu'à un Airbus Écureuil. Il charge les bagages dans la soute avant de l'aider à monter dans le poste de pilotage. C'est un peu laborieux, il ne comprend pas son manque de souplesse, cette rigidité surprenante pour un corps supposé sportif. Il attache sa ceinture, lui donne son casque et l'aide à boucler la sangle sous le menton. Il lui fait un signe de pouce levé, Ève l'imite et Jay referme la portière, contourne l'appareil pour s'installer à côté d'elle. Il enfile son casque, s'harnache à son tour, enclenche les turbines et fait chauffer le moteur. Un grésillement dans le casque, et la voix du jeune homme se superpose au bruit des pales qui commencent à tourner de plus en plus vite au-dessus de leurs têtes. « Tout est OK, Ève ? »

Malgré le micro dans le casque, elle doit crier pour couvrir le bruit du rotor :

« C'est la première fois que j'ai un pilote comme chauffeur. »

Jay hoche la tête, un large sourire creuse ses joues : « Je suis un peu plus que ça. Je m'appelle Jay Taylor.

— Vous êtes le fils de William ?

— Nous sommes mariés. »

Le rotor tourne à plein régime, maintenant. Jay attend l'autorisation de décollage de la tour de contrôle, tire lentement le collectif, joue du palonnier et du cyclique. L'Écureuil se détache du sol, prend de la hauteur avant de s'éloigner jusqu'à devenir un point à l'horizon. On ne peut pas le voir, mais Ève sourit. Cette beauté-là, celle de Jay, est déjà prise et tant pis pour elle. Elle y avait pensé, comme ça, comme un jeu. Une lubie, un caprice, une fantaisie. Celle d'un homme beau qui serait à elle.

*

Des panaches blancs se dessinent avec régularité sur les eaux turquoise, renflements qui se plissent sur la peau du Pacifique, déferlement des vagues et recommencement. À l'extrémité nord du cap, échappés d'une végétation abondante et fouettée par les embruns, des rochers sombres et humides se dressent comme une forteresse naturelle au-dessus de l'océan. En continuant vers le sud, dans la partie de l'île sous le vent, la houle s'apaise et vient lécher doucement une langue de sable fin et blanc. Le ventre de l'hélicoptère agite la pointe des palmiers bordant une route rectiligne, frôle les toits de maisons de type colonial avant d'atterrir sur le large terre-plein bétonné d'une propriété avec un H peint en son milieu.

Jay coupe le contact et le rotor s'éteint progressivement dans une sorte de sifflement asthmatique, les pales continuent de tourner jusqu'à ce qu'elles cèdent à la pesanteur et s'affaissent légèrement une fois à l'arrêt.

Un homme noir, vêtu d'un veston blanc à boutons dorés, apparaît derrière la vitre de l'hélicoptère. Il ouvre la porte à Ève, l'aide à détacher sa ceinture et à descendre de la machine. L'homme est petit, ses traits sont particuliers : nez fortement épaté, arcades sourcilières marquées, la peau très sombre. Sans prononcer une seule parole, l'Aborigène récupère son casque, leurs doigts se frôlent.

Déjà Jay apparaît dans son dos, sa main ferme saisit le coude d'Ève et la dirige vers une série de pavillons sur pilotis à l'écart de la vaste villa blanche de style Louisiane. « Votre bungalow est le dernier, vous y serez encore plus tranquille.

William ne se lève jamais avant 13 heures. Contrairement à ce que dit le proverbe, le monde n'appartient pas forcément à ceux qui se lèvent tôt. William fait partie de ceux à qui le monde appartient, tout simplement. »

Ève ne relève pas (que pourrait-elle dire ?), suit Jay le long des marches menant à son habitation et, bien sûr, tout est irréprochable : vaste living avec terrasse donnant sur la mer, îlot de cuisine en son centre (qui a jamais cuisiné ici ?), salle de bains tout confort et une chambre à coucher spacieuse avec lit *kingsize* (nous sommes tous rois et reines) entouré d'une moustiquaire. Dans la continuité de la terrasse, se trouve un jacuzzi agrémenté de deux bains de soleil matelassés qui se regardent (mais qui pour te voir, Ève ?). C'est simple, épuré, meubles et charpentes en bois tropical et bambou, sol en teck. Ventilateurs au plafond. Des draps blancs, des serviettes, des fruits dans leurs corbeilles, des boissons dans le frigo à porte vitrée... Les bagages sont déjà là, apportés par des domestiques aussi discrets qu'efficaces. Dans le lointain nous parvient le bruit du ressac entrecoupé par les cris stridents des goélands et ceux, plus graves, des pélicans mâles. Le vent constant décoiffe les palmiers, leurs troncs pliés vers l'intérieur de l'île. C'est comme si ce luxe était immémorial, présent depuis toujours. Posé là comme une évidence et une certitude – pourtant, Ève ne peut se défaire d'un sentiment de déshumanité. Cette richesse qu'elle côtoie régulièrement et qui s'avère souvent sans chaleur, comme si l'argent rendait froid tout ce qu'il touchait.

« Ça ne vous convient pas ? demande Jay.

— Tout est parfait, au contraire. Je suis juste propulsée de la carlingue d'un avion pour me retrouver dans une sorte de paradis, nuance-t-elle.

— Un téléphone est à votre disposition si vous désirez quoi que ce soit. N'hésitez pas à appeler lorsque vous aurez faim.

— Les fruits devraient suffire pour le moment, merci Jay.

— Le chemin que vous voyez mène à une plage privée. Si vous souhaitez nager dans la piscine, vous tournez à droite au lieu d'aller vers la plage. Profitez de votre après-midi, reposez-vous, un domestique viendra vous chercher ce soir pour le dîner. Vous rencontrerez William qui vous expliquera tout sur le tournage et ce qu'il attend de vous. Vers 20 heures, cela vous convient? Bien, dans ce cas, je vous dis à tout à l'heure, Ève. »

Jay quitte le bungalow, ses pas ne font pas grincer le parquet parfaitement posé. Ève regarde autour d'elle, s'avance sur la terrasse afin d'être bien sûre que l'homme est parti.

Elle se dit soudain que venir ici était peut-être une erreur, que ce décor et les gens qu'elle rencontrera l'éloigneront d'elle-même, de ce qu'elle cherche. De l'extrême simplicité de ce qu'elle cherche. Ce drôle de sentiment continue de la tarauder, cette impression d'imposture. William Taylor la paiera très cher pour ce qu'elle fera, simplement nager avec sa queue de sirène, et c'est complètement insensé. Elle pense à ces gens, à Galia Smirnov dans sa cage dorée, à Jay dans la sienne. Elle pense à l'ennui, à la forme d'asservissement auquel peut mener le désir aussitôt comblé. Ce temps instable qu'ils ne connaissent pas, ce hiatus lié à l'attente, à l'espoir, ce temps riche d'incertitude avant d'obtenir éventuellement ce que l'on souhaite.

Ève ôte son chemisier, parcourt de l'index les traces laissées sur sa peau par les cordes et le fouet de la veille. Bras, seins, ventre, ces lacérations comme autant de présages qui lui rappellent que la douleur est autour d'elle, qu'elle rôde, que refuser de la voir ne signifie pas qu'elle n'existe plus.

Elle dégrafe son soutien-gorge, libère sa poitrine moite. Au contact de la brise tiède, ses tétons durcissent. Elle s'assied sur le lit, ôte son jean. Ses cuisses sont émaillées de croûtes et de boursouflures sombres sur la peau bronzée. Elle ouvre sa valise, sort son maillot de bain une pièce. Son sac de sport contient la longue monopalme fabriquée sur mesure, qu'elle emporte avec ses lunettes de nage et son bonnet de bain. Dans la solitude de la propriété, le long du chemin parsemé de gravillons, elle s'autorise à marcher en maillot, jambes nues avec ses prothèses, en suspension sur le sol, ses genoux se terminant au-dessus du vide. Une famille de koalas perchée dans les arbres grignote des feuilles d'eucalyptus, un iguane rampe gauchement devant elle avant de disparaître sous un cactus. Un instant, comme ça, dans un trou de végétation, elle aperçoit au loin Jay se lever sur son *longboard* et surfer en précédant la vague, sa chevelure dorée scintillant sous le soleil. Elle marque le pas. Lui aussi était un animal autrefois sauvage. Elle le regarde de loin, comme à travers une longue-vue, envie son aisance. Lui dans la lumière alors qu'elle est dans l'ombre : son monde à elle est subaquatique.

Ève rejoint la piscine, découvre avec étonnement un bassin de cinquante mètres par trois. Une piscine olympique à couloir unique, une seule ligne noire dessinée sur le fond. Elle y trempe sa main, estime la température à 25°.

Elle enlève ses prothèses, enfile sa monopalme qu'elle attache sur ses cuisses et se laisse glisser dans l'eau. Ève fait une première traversée sur le dos, s'étire, gonfle ses poumons, expire. Fait pareil dans l'autre sens. Et quand elle plonge pour une première traversée sous l'eau, elle retrouve son centre de gravité, abandonnant dans son sillage tout ce qui n'est pas le sang, le cœur, et l'oxygène.

Tout ce qui n'est pas essentiel.

*

Dans la nuit qui tombe tôt, Ève s'habille d'un chemisier vert à manches longues, d'un pantalon en lin et d'une large ceinture donnant du relief à sa taille. Offrir ce qu'elle peut de beauté, du moins demeurer agréable au regard des autres. 48 heures, lui avait dit Aiko, avant que les traces ne soient plus qu'un souvenir à garder ou à oublier.

Ses prothèses sont posées face à elle sur la table, ses jambes artificielles qu'elle peut manipuler comme des jouets. Elle noue les lacets de ses baskets, un double nœud de patience en attendant l'arrivée du domestique aborigène : celui qu'elle avait déjà vu et qui, d'une manière obséquieuse, lui demandera de bien vouloir la suivre.

Les artefacts de la maison blanche – spacieuse, riche, modulée, agencée, décorée – sont une variation sur le thème de la fortune qui peut tout. On passera sur la description du raffinement, pour retenir ceci : derrière le savant équilibre des choses, Ève perçoit comme une inquiétude, un manque. Elle se dit que le léger malaise qu'elle éprouve est dû au fait qu'elle n'appartient pas à ce lieu. Mais Ève n'est pas dupe, elle n'appartient plus à aucun lieu depuis longtemps, c'est son choix. Et pourtant, même dans l'anonymat de ces espaces qu'elle accumule, Ève trouve parfois des bribes de chaleur et d'humanité. Comme ce noyau dur au fond d'elle-même qu'elle préserve et que personne ne pourra jamais lui prendre ; ce morceau de dignité appelant l'assouvissement de sa vengeance. Cela apparaît de façon infime, un détail souvent, un éclairage, une couleur, des fleurs qui se fanent dans un vase. Un oubli. Mais ici, mais là, Ève traverse une construction planifiée, conçue comme un *projet* : beaucoup de raison et peu d'amour.

Elle suit l'Aborigène dans sa veste de fantoche, son pantalon noir repassé et ses chaussures cirées couinant à chaque pas dans la brise du soir. Ève ne fait que frôler la maison, la contourner, elle traverse ses zones extérieures et mondaines. Et lorsqu'elle arrive sur la terrasse illuminée aux flambeaux, elle aperçoit les ombres démesurées se dessiner derrière ses hôtes, avant de les voir – l'Aborigène s'étant évanoui dans l'éther comme il sait le faire –, et Jay s'avance vers elle, avec ce geste de saisir son bras pour la manœuvrer, cordial comme un agent vous proposant une assurance sur la vie.

« Ève, je vous présente Willam Taylor. »

Le voici donc, le milliardaire, le magnat de la presse et du cinéma australien : petit et mince ; vêtu d'une chemise de flanelle rose ouverte sur un torse velu et flottant sur son ventre plat, d'un pantacourt en lin blanc, les pieds nus. Crâne luisant, peau cuivrée, des yeux d'un troublant vert émeraude. Ce sont peut-être ces yeux-là qui ont conquis Jay, au-delà de sa fortune, et vous voyez que je ne suis pas toujours mauvaise langue.

« Ravi de faire votre connaissance, Ève, dit-il en prenant sa main dans les siennes.

— Le plaisir est partagé, monsieur Taylor.

— William. Ou Bill. C'est toujours Bill dans les romans ou les films, non ? »

Deux autres hommes s'approchent, tendent leurs mains à leur tour. William les présente : « Voici René Beaugirard, réalisateur, ainsi que son chef opérateur, Joshua Glass. C'est lui qui sera sous l'eau avec vous... Enfin, je vous présente Lamaï, notre mère porteuse, à Jay et moi, notre déesse Gaïa, notre Terre Mère... »

Une femme au ventre gonflé, disproportionné par rapport à sa petite taille, se penche en avant, les mains jointes et lui adresse un *wai*. Thaïlandaise, peut-être cambodgienne. Elle est vêtue d'un sari jaune rehaussant son teint doré. Elle a des cheveux noirs, des yeux plus noirs encore, elle paraît éclatante de santé, les dents si blanches qu'elles semblent presque fausses.

Lamaï ne dit rien, ne parle pas. Sourit seulement. Et Ève comprend, et ne sourit pas, et dans son ventre à elle, dans son ventre qui a enfanté dans la perte, dans son ventre où ne naîtra plus jamais rien, la paroi abdominale se tend et se crispe comme un refus. Malgré tout l'entendement, malgré toute l'empathie possible, son ventre dit non. Elle regarde Jay, regarde William, leurs visages rouges sous la lumière des torchères, leurs visages souriants perlant de sueur. Que dire, maintenant ? Et comment leur dire ?

Tu fermes ta gueule, Ève, tu fais ton boulot. Tu es venue pour ça et tu repartiras après ça.

*

Repas à base de poisson, riz, légumes et fruits frais. Lamaï ne touche pas au chardonnay, ni aux fruits de mer, ni à ce qui est cru, à rien de ce qui pourrait nuire au bébé à venir.

Profitant de l'un de ses nombreux allers-retours aux

toilettes, Ève lui emboîte le pas : échapper à la présence étouffante des hommes, à leurs discussions techniques entrecoupées de plaisanteries et d'anecdotes, à leur superficialité, à tout ce qui n'est pas dialectique et offre peu de place à une conversation qu'il serait intéressant ou, pour le moins utile, de retranscrire ici. Le genre de soirée où Ève ne fait qu'écouter, tout comme Lamaï qui s'exprime enfin dans l'intimité de cette salle de bains alors qu'elles font face au miroir. C'est un bref échange par reflets interposés, comme si on ne pouvait pas se parler face-à-face dans la vie, jamais se dire la vérité crue les yeux dans les yeux :

« *Me wait for two boys. Gemini. Better for me. Get double money, lots of money for family in Pa Tong. Two children, yes very very good and happy me. And you ? Have you children* ?

— *No.*

— *Oh, very pain. Why* ?

— *Because it's too late. How old are you, Lamaï* ?

— *Twenty two.* »

Ève voudrait pouvoir continuer cette discussion irréelle. La prolonger sur un ton badin, mais sa gorge se noue. C'est plus fort qu'elle, et c'est complètement con : elle doit se faire violence pour ne pas s'avancer vers Lamaï et la prendre dans ses bras.

Les deux femmes essuient leurs mains avec des serviettes éponges qu'elles abandonnent dans une corbeille, puis retournent à table. Lamaï prend congé peu après 22 heures, il faut qu'elle dorme. William et Jay veillent à ce que son hygiène de vie et son suivi médical soient irréprochables, chacun l'a répété à plusieurs reprises au cours de la soirée. Ève se retrouve donc seule avec les hommes, la conversation revient sur le tournage et pour mieux exposer son idée, ou plutôt son caprice, nuance William, il propose à Ève de lui montrer exactement de quoi il retourne.

Le petit groupe descend au sous-sol de la maison où a été aménagé un aquarium semi-circulaire d'une vingtaine de mètres de long sur trois de large et cinq de haut. Pour l'heure, il est vide. William explique son projet : l'installation d'un écran concave faisant toute la longueur de la pièce. Ève se dit que le milliardaire a horreur du vide, ne peut s'empêcher de faire le rapprochement entre cet aquarium et le ventre plein de Lamaï. Elle doit faire un effort pour se concentrer et écouter ce qu'il décrit avec emphase : « ... Mon intention est de le remplir avec des éléments de la flore et de la faune de la *Gold Coast*. Ce sera mon cadeau pour la naissance de nos garçons, ils grandiront avec. Et vous serez là, Ève. Vous apparaîtrez sur l'écran du fond. Vous apparaîtrez et disparaîtrez, vous nagerez avec les poissons. Vous serez le rêve, le conte de fées. Ils croiront à quelque chose qui existe puisque vous êtes vivante... »

Et dans un éclair de lucidité, Ève se dit que son image sera encore présente après sa mort. Dans cette forme immatérielle qu'elle est devenue, qui ne sera jamais rien d'autre qu'une apparence et un rôle.

Mais dans une vie, au fond, à qui dit-on qui on est vraiment ?

Demain sont prévus les repérages, et il est l'heure d'aller dormir, Ève. Du moins c'est l'excuse qu'elle donne pour se libérer de ces hommes, quitter ce sous-sol et la vision de cet aquarium vide, se donner de l'air, cet air qui lui manque soudain. Après, dans son lit et la touffeur de la nuit tropicale, trouver le sommeil sera plus compliqué. Des cris de bêtes la réveilleront continuellement. Des déchirements, des plaintes, des hululements.

La nature aussi plaide coupable.

9

Dans le matin limpide, le Zodiac semi-rigide et son moteur Mercury de 600 chevaux tracent une ligne claire sur la mer turquoise. Jay est aux commandes, Ray-Ban sur les yeux, sûr de lui et beau comme un surfeur. Ève, Joshua et René sont assis sur les banquettes à l'arrière. Ce dernier est devenu pâle comme un vampire et Jay s'en amuse, donne de petits coups secs de volant sur l'eau calme. La coque du *Medline* frappe régulièrement la surface lisse de la mer, à chaque impact l'écume et le sel viennent mouiller les visages. Ève se tient fermement à la main courante. Elle a ôté ses lunettes de soleil. Les yeux fermés, elle savoure l'air du large mêlé à l'odeur du diesel, le ronflement du moteur et ses variations de ton, le vent qui la fouette, l'eau qui l'éclabousse. Cette puissance, ce bruit, ces vibrations dans l'air immobile sont un moment de plénitude difficile à comprendre pour qui est amateur de voile, de silence et de contemplation. C'est un mystère pour elle-même, cette ridicule épiphanie du bruit et de la fureur.

Jay manœuvre au maximum de la vitesse, le moindre obstacle, la moindre erreur de pilotage et c'est le chavirage. Il se fout du matériel entassé dans le cockpit et, de façon générale, des conséquences de ses actes, qu'elles soient matérielles ou physiques. Ève a confiance dans l'orgueil de Jay, dans le fait qu'il ne doute de rien parce que tout lui est dû. Elle pense aussi que son karma en matière d'accidents est derrière elle, désormais. Ce ne serait pas du jeu, sinon, un destin maléfique qui s'acharne.

Jay jette un coup d'œil derrière lui, René a viré du blanc au jaune, et il comprend que la plaisanterie a assez duré. Il réduit la vitesse, la proue s'abaisse, docile, et René vomit par-dessus bord son petit-déjeuner hypocalorique à base de fruits et de céréales. Ça a beau avoir été léger et diététique, il n'en finit pas de rendre, et on sait qu'un réalisateur est plus à l'aise derrière un combo de cinéma que dans la vraie vie. Jay et Êve échangent un sourire de connivence.

Jay manœuvre délicatement vers bâbord, pointe vers un rocher d'une centaine de mètres de circonférence affleurant à la surface de l'eau et que rien ne signale hormis une discrète végétation de plantes sauvages.

« C'est *Flat Rock Dive*, dit Jay à l'adresse du cameraman. C'est là que nous déposerons le matériel demain pour le tournage. Ce sera notre base et notre point de repère, on sillonnera la barrière de corail tout autour... »

Jay contourne le rocher, passe sous le vent et rejoint une sorte de crique minuscule où il jette l'ancre. Le Mercury péclote à la poupe, faisant gargouiller l'eau. L'ancre touche rapidement le fond, Jay noue l'amarre au taquet avec une demi-clé, stabilise le canot en marche arrière avant d'éteindre le moteur. Les goélands cessent de crier et se posent sur la roche, observant les humains sur leur embarcation.

Jay ôte sa chemise et s'allonge sur la proue, face au soleil. Sa façon à lui de leur dire démerdez-vous. Joshua est déjà affairé sur son matériel de prise de vues. René mouille son visage et ses cheveux avec de l'eau de mer, reprend quelques couleurs et s'adresse à Êve comme s'il n'avait jamais dégueulé :

« Joshua vous suivra avec une caméra sous-marine. Pour les repérages, je verrai les images sur mon combo. Vous serez chacun reliés à moi par une oreillette, je vous laisserai improviser ou alors je vous indiquerai des mouvements, des attitudes et vous dirai dans quelle direction nager. Avant chaque plan, Joshua vous fera signe pour savoir si tout est OK, de votre côté, vous lui ferez signe que c'est bon et ce sera l'équivalent d'un clap. L'idée aujourd'hui est de tester le matériel, de repérer les coins les plus intéressants... Bref, de voir ce que ça donne... Bien, je vous laisse vous préparer... Josh, tu peux m'installer le matos à l'arrière, s'il te plaît ?

— Excusez-moi, je... je dois me changer ici ? demande Ève.

— À moins que vous ne trouviez des vestiaires quelque part, oui. »

Ce qu'elle cache au monde entier, voici qu'elle doit le montrer soudain à des inconnus. Depuis ce matin, elle appréhende ce moment. Elle s'imaginait naïvement pouvoir s'isoler, oblitérant la promiscuité d'une embarcation sans cabine flottant sur une mer infinie.

C'est Jay qui la sauve du désarroi. Jay qui, sans dire un mot, vient tendre le capot à glissière du *roof* pour y suspendre deux grandes serviettes qu'il a dépliées. Elle ignore ce qu'il a compris ou deviné, elle suppose que le besoin d'intimité est une raison suffisante pour lui. Jay lui adresse un clin d'œil et retourne à son bain de soleil. Derrière l'écran des serviettes éponges, Ève se dépêche d'enlever et de ranger ses prothèses dans son sac, avant d'enfiler sa monopalme. Elle chausse ses lunettes de nage, fixe son pince-nez, regarde le fond transparent, inspire avant de se jeter à l'eau.

La mer l'accueille, et c'est comme une sirène captive qu'on rendrait à sa vocation. Elle se déplie, étire son corps, tend ses bras loin devant elle. Ses cheveux ondulent devant son visage, un rideau de théâtre s'ouvrant sur le spectacle vertigineux d'une nature préservée qui s'offre à son regard. Comme au commencement où tout était intact, beau et cruel.

Le bruit du plongeon a fait se relever Jay sur un coude. Il voit Ève se déployer dans l'eau transparente, sa monopalme comme une extension d'elle-même, passant sous le canot, frôlant la coque comme un mammifère sauvage, avant de ressurgir de l'autre côté et de retourner à la surface chercher de l'oxygène. Et Jay se demande comment ce serait de la toucher, de frôler cette peau avec ses lèvres, d'en goûter la saveur primitive... Quant à Joshua, il reste un instant immobile, sa bonbonne fixée sur l'épaule gauche, masque relevé sur le front, détendeurs et manomètre pendouillant sur son torse, sa bouche légèrement entrouverte de surprise devant ce qui ressemble à une vision de liberté. La vision d'une femme libre parce qu'il ne lui reste plus rien. Une femme tronquée, amputée d'une partie d'elle-même, à laquelle elle a dû renoncer pour devenir autre chose qui ne porte pas encore de nom.

Ainsi, les deux jours suivants se dérouleront autour de cette chimère, créature mi-humaine couverte d'écailles, de l'espèce *parahomo aquaticus*, apparaissant au milieu des récifs et des bancs de poissons multicolores ; reposant son corps sur le fond de sable blanc, les oripeaux de silicone se mêlant aux couleurs vives d'un monde tangible et réel ; remuant sa queue et souriant à la caméra, évitant de toucher les coraux au venin subtil, enchaînant des bisous-bulles, disparaissant et réapparaissant au gré de la faune et de la flore, les yeux rougis et les lèvres gonflées par le sel. Ève a mal, son dos, ses bras, ses cuisses et ses poumons la brûlent. René multiplie les prises de vues, emmagasine une dizaine d'heures de rushs filmés par Joshua. Ève s'efforce de penser aux deux garçons qui naîtront, qui la verront et croiront quelque temps à ce qu'elle est, avant de la maudire.

Parce que dans Ève, il y a le rêve qu'on trahit.

10

Les images des rushs ont été transcodées, Ève a rempli son contrat. William a laissé le bungalow à sa disposition pour le temps qu'elle le souhaite. Elle hésite encore à en profiter quelques jours. Ève se demande si elle serait capable de passer là le reste de sa vie, là où elle pourrait tout avoir, mais où il lui manquerait l'essentiel. Et pour Ève, l'essentiel se résume à savoir où aller ; or il y a comme un flottement, une incertitude quant à son avenir immédiat : rien ne bouge du côté de Matt Mauser, et pas de nouveau contrat en vue, personne ne souhaitant une sirène dans sa baignoire.

Lorsque Jay se manifeste en frappant à sa porte, il est 16 heures, et sa visite est presque un soulagement dans cette forme de pesanteur que peut prendre le temps. Un coup de pied dans le fourmillement de l'inertie, une pause dans son anxiété. À force d'attendre – quelqu'un, une réponse, un avion – on use sa patience, on la polit jusqu'à l'effriter. Alors, oui, cette présence inattendue est une façon de tromper le doute et l'ennui.

« Hello, Ève. Comment allez-vous ? Vous avez bien récupéré ? »

Jay se tient sur le seuil. Il est en short de bain, torse nu, les abdominaux saillants, les épaules larges et musclées, il a le corps sculptural d'un mannequin en boxer sur une publicité Éminence.

« À part un léger bourdonnement dans les oreilles, tout va bien. C'est gentil de demander... Entrez Jay, je vous en prie. »

Mais Jay ne bouge pas. Si, il lève son bras et le pose contre l'encadrement de la porte comme un Marlon Brando. Un soupçon d'hésitation dans sa voix souligne une certaine gêne.

« Avec William, on tenait à vous remercier pour votre engagement. Passer autant d'heures sous l'eau est très éprouvant, je sais de quoi je parle, je fais de la plongée. Je vous ai observée, jamais d'agacement ni la moindre réticence, c'est remarquable.

— C'est mon travail, Jay.

— Vous avez fait un peu plus que votre travail, et c'est ce qui fait toute la différence. William a ajouté un petit bonus à votre cachet...

— Je le remercierai tout à l'heure.

— Demain, plutôt. Il rentrera tard ce soir... Vous savez, je voulais vous dire... Quoi que vous pensiez de nous, sachez que ces enfants, nous allons les aimer et les chérir. Et Lamaï, sa famille ne sera plus jamais dans le besoin.

— Ce que je pense n'a pas d'importance.

— C'est tout ce qui nous manquait. Et c'est toujours pareil : la seule chose que vous ne pouvez pas avoir devient celle que vous voulez par-dessus tout.

— Je sais, les femmes passent souvent par là.

— Écoutez, je… Je suis venu pour vous remercier à mon tour. Avez-vous déjà surfé, Ève ? Jamais ? Je voulais vous proposer d'essayer…

— Je ne peux pas, Jay. Je suis désolée.

— S'il y a une chose que je sais faire par-dessus tout, c'est surfer. Et une des plus belles choses à faire au monde, c'est surfer au coucher du soleil.

— S'il vous plaît, Jay. N'insistez pas.

— Pourquoi ?

— C'est mon secret.

— La façon incertaine que vous avez de marcher, c'est ça ? »

Ève acquiesce.

« C'est pour ça que vous ne vouliez pas vous changer dans le Zodiac ? C'est votre secret et vous en avez honte ? »

Elle acquiesce encore.

Jay alors s'avance dans le bungalow, referme la porte derrière lui. Il fait trois pas silencieux et se plante face à Ève, baisse son maillot de bain à mi-cuisse. Il soulève son pénis sous lequel il n'y a pas de testicules.

« Un accident à l'âge de dix ans. William m'a proposé une chirurgie plastique, mais je tiens à mon secret. Les garçons sont de lui, il est le donneur. À votre tour, maintenant. Il n'y a pas de cachotterie qui tienne face à une session de surf au crépuscule sur la *Gold Coast…* »

Jay remonte son short.

Sourit.

Il attend.

Ève relève alors le bas de son pantalon.

Tu me montres ton secret et je te montre le mien.

Les deux se regardent et se sourient.

Comme un pacte.
Jay lui tend la main.
Ève la prend et le suit.

*

Couchés sur le *longboard*, Jay et Ève ont attendu la fin d'une série de vagues et profitent de l'accalmie pour rejoindre le *line up*. Son torse allongé sur le dos d'Ève, Jay lui explique comment ramer de manière profonde et efficace. Leurs bras sont puissants, ils avancent vite sur la houle qui se reforme gentiment. Ève a ôté ses prothèses et ils forment ainsi une drôle de créature.

Jay se redresse, s'assied à califourchon sur la planche. Il laisse passer les deux premières vagues et, à la troisième qui arrive, il exhorte Ève à ramer avec lui pour prendre le pic. La planche est propulsée, une accélération inattendue et puissante. C'est la première vague de sa vie et Ève ne peut s'empêcher de rire de plaisir. Jay se lève et manœuvre en *frontside* sur la droite. La planche prend de la vitesse, se stabilise, reprend de la vitesse au gré du déferlement de la vague. Allongée sur la planche, Ève exulte. Elle ne peut pas se lever, mais qu'importe – « Sur les genoux, Ève ! Vas-y ! », lui crie Jay. Elle se hisse sur ses bras, maintient l'équilibre et plie ses genoux, à mi-chemin entre l'horizontalité et la verticalité, dans la ligne claire, à l'exacte intersection des axes majeurs de l'existence, en mouvement, fluide, entière, consciente d'elle-même, de qui elle est, de ce qui la porte, humble et fragile, forcément digne et magnifique : elle est en équilibre sur le fil du monde.

Et cet instant-là est une joie féroce.

Alors, une fois revenue sur la plage, comme une enfant, elle dit à Jay : « Encore ! Encore ! »

*

Le soleil est couché, mais une ligne de lumière persiste, un dernier soubresaut de clarté avant l'arrivée de la nuit. Dans l'obscurité pastel, Ève revient seule à son bungalow, la peau brûlée par le sel, le cœur encombré d'une joie primaire et pure. Les baskets de ses fausses jambes s'enfoncent dans la langue de sable humide proche du rivage. Une dizaine de femmes aborigènes se baissent pour ramasser des coquillages abandonnés par la marée qui se retire. Elles les entassent dans leurs jupes relevées avant de les déposer dans des paniers de feuilles de bananier tressées. Jay l'avait prévenue, lui disant qu'elles étaient les seules à pouvoir aller et venir librement dans la propriété, au fond elles vivaient sur ces terres depuis des temps ancestraux.

Les premières femmes se figent en la voyant arriver en suspens sur ses jambes d'araignée. Les orbites de leurs yeux sont des points blancs et lumineux dans leur visage sombre. Bientôt, toutes relèvent leur buste et s'immobilisent pour la fixer. Ève ralentit son pas laborieux. Elle essaie de trouver leur regard, le regard de chacune d'elles, mais c'est comme essayer de voir au fond d'un puits. Qui sait si ses yeux bleus à elle leur disent quelque chose ? Si les yeux bleus ont la particularité de trop donner à voir les débordements de l'âme ? Ève leur adresse un « *good evening* » hésitant en anglais auquel aucune d'entre elles ne répond. Elle baisse la tête et se remet en marche, le chemin menant au bungalow est à une centaine de mètres, masqué par les frondaisons.

Sans pouvoir se l'expliquer, Ève sent monter la panique, une peur soudaine et viscérale, une injonction à fuir, à ne pas rester pour ne pas voir ni entendre.

Alors, bien sûr, lorsqu'une main froide lui saisit le bras, une main qui l'empoigne en silence dans la nuit, avec la crainte irrationnelle qu'elle éprouve à ce moment, elle ne peut que pousser un cri. Mais la vieille femme ne la lâche pas, serre davantage son bras, jusqu'à lui faire mal. De sa bouche édentée, la vieille aborigène lui dit : « *The child. The child is the answer. Just wait.* »

L'enfant est la réponse.

La vieille lâche son bras et disparaît, aussitôt happée par la nuit qui est tout à fait tombée maintenant.

Ève hâte son pas comme elle peut, tombe sur un genou, se relève.

Le bruit du ressac est assourdissant.

L'enfant est la réponse.

(Lequel ?)

La voilà, la vérité que tu attendais, Ève. La voilà qui vient à toi et se révèle.

(Comment ?)

L'existence est un boomerang tournant sur lui-même pour revenir là où tout a commencé.

(Où ?)

D'autres hôtels, d'autres oreillers, clés-cartes, savonnettes, codes wifi.

Sois patiente.

Attends encore un peu.

Et quand Ève arrive à son bungalow, le T-shirt trempé de sueur, un message de Matt Mauser s'affiche dans sa boîte mail.

Le message dit : *Je l'ai trouvé.*

Peut-être que l'important dans la vie n'est pas ce qu'on désire, mais ce dont on a besoin.

Et tu sais quoi, Ève ?

Quand tu aimes, il faut partir.

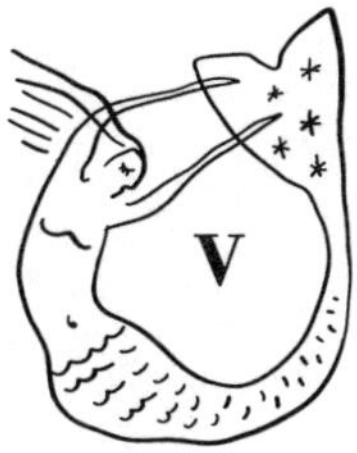

Derborence

11

Retour en Suisse. Ce territoire qu'elle voudrait éviter, son lieu de la tragédie dans lequel elle finit toujours par revenir. Quelques miettes qu'elle mendie, ses racines, son *Heimat* ? Ce foyer qu'elle a perdu, échangé contre des chambres d'hôtels impersonnelles. Elle aurait préféré un pays plus suggestif en matière de poésie – moins fonctionnel, moins riche, moins organisé. Mais comme on le sait, on ne peut pas tout avoir. Et, d'une certaine manière, elle porte en elle (malgré elle), cette sensation d'exiguïté un peu mesquine, la part manquante d'un imaginaire évocateur. L'argent lisse et uniformise, ne laisse pas beaucoup de place pour l'improvisation et la singularité du détail qui nous sortiraient de l'ordinaire.

Et pour se compliquer la vie, Ève a choisi de faire escale

à Zürich qui détient le (triste ?) palmarès de la ville la plus chère au monde avec Singapour. Ainsi, c'est un double effort qu'on demande à l'écrivain suisse : non seulement écrire, mais également faire preuve d'une imagination accrue. Peu s'en sortent. Du coup, on écrit moins de romans, et beaucoup sur soi.

Zürich Flughafen, taxi, 25hours Hôtel où elle a déposé ses bagages dans un local jouxtant la réception, sa chambre n'étant pas prête avant midi. Il est à peine 7 heures sur les différentes horloges synchronisées de la Bahnhofplatz. C'est l'inconvénient des vols transcontinentaux qui vous font arriver soit trop tôt soit trop tard, en tout cas jamais à la bonne heure pour continuer sa vie. Car, au-delà des non-lieux, il existe aussi des non-temps. Et Ève ne peut rien faire d'autre qu'attendre. Après plus de quinze heures passées dans l'avion, sa seule envie est de marcher dans le matin tiède et brumeux.

Elle traverse une passerelle où des « cadenas d'amour » sont attachés à la rambarde métallique. Il y en a pléthore comme ça, sur des milliers de ponts dans le monde. Les clés gisent sur le fond limoneux de la Limmat ou emportées par le courant. Qui sait si certains ont gardé le double pour s'en libérer ? Du temps où elle était encore Nathalie Sauget, elle avait fréquenté un homme marié dans cette ville. Majeure depuis peu, elle ne comprenait pas où s'inscrivait précisément la limite qui l'autorisait désormais à coucher dans des hôtels avec un homme de quarante-cinq ans. En tout cas, elle avait l'âge de ceux qui avaient lu le roman de cet Italien ayant lancé la mode des cadenas fixés sur les ponts. Le sien devait encore se trouver là. Elle l'avait mis toute seule un soir de novembre balayé par la bise, sans rien lui dire, les lettres *N* et *P* gravées dans le métal avec la pointe d'un canif. À présent, elle en a honte et, en même temps, il lui prend l'envie de s'arrêter là, exactement là où elle avait voulu que le temps se fige et la lie à cet homme pour la vie. À cette époque, elle avait encore le choix entre la liberté et l'amour, et elle avait choisi l'amour. Alors Ève s'arrête, oui. Pose ses coudes sur le parapet de la passerelle. Elle a la pudeur de garder la tête haute, de ne pas baisser les yeux pour chercher son cadenas. Elle se dit que c'est quand même une belle ironie que ces souvenirs-là soient précisément liés à Zürich. C'est sa double peine, comme pour l'écrivain suisse et le roman. On a le droit de s'y aimer comme dans toutes les villes du monde, mais elle éprouve la gêne d'une mélancolie mal adaptée au lieu. Sa naïveté d'autrefois, aussi, qu'elle serait prête à racheter avec tous les francs dont elle dispose. Celle qui lui permettait de poser les questions simples. Pourquoi la vie n'est-elle pas plus facile ? Pourquoi faut-il souffrir la plupart du temps ? Pourquoi l'enthousiasme s'essouffle-t-il au fil du temps ?

Ève se décide à franchir la passerelle, longe le Limmatquai, avant de flâner dans les rues de la vieille ville, même si le verbe « flâner » n'est pas le bon, il donne une impression de légèreté qui ne correspond pas à la noirceur qui l'habite – pourtant, c'est l'été aussi à Zürich, la brume se lève, le ciel bleu arrive, les hirondelles font leur cinéma et un sentiment de gaîté, oui je dis bien de *gaîté*, arrache un sourire même aux banquiers zurichois qui se rendent à leur travail. Car les questions ne sont plus aussi simples qu'autrefois : qu'est-ce qui subitement a infléchi le cours des choses ? À quel moment exactement cela a commencé à mal tourner ? Quels rhizomes finissent par nous mener dans des impasses ? Que reste-t-il de nos amours et du reste, de tout le reste ? Les chansons, comme la poésie, sont des échos lointains du temps qui fuit.

À quoi bon te poser encore ces questions, Êve ?

Des trous dans ton âme, l'âme mitée, déjà devenue poussière.

Et tout cela, tout ce vide, où va-t-il ?

Pas de mendiants dans les rues de Zürich.

Pas d'achoppement.

Pense au concret, Êve. Ressaisis-toi. Redresse tes épaules. Le concret, se reposer sur. Pour ne pas se perdre et te suicider dans l'air conditionné d'une chambre d'hôtel.

Ce qu'elle se dit : se mesurer à soi-même et non pas à l'absolu.

Car l'absolu gagne à tous les coups.

*

Après ses errements, l'esprit en compote et les cuisses douloureuses d'avoir trop marché sur les pavés de la vieille ville, Êve traverse la porte à tambour automatisée de la banque UBS sise Paradelplatz n° 6, case la plus chère du Monopoly suisse.

Sa présence à Zürich est aussi dictée par une raison plus prosaïque. Comme tout un chacun, Êve oscille entre l'élévation et le trivial.

Le cerveau embrumé par le décalage horaire, la fatigue pointant soudain dans les recoins de son corps, elle se rend d'abord aux toilettes de l'agence pour se rafraîchir. Parfois, souvent, elle en a assez d'avoir affaire à son corps, de l'habiter, de se faire porter par lui. Si l'occasion se présente, elle saura exactement comment se tuer.

Êve s'annonce à la réception. L'avant-veille, depuis l'Australie, *Julie* lui a organisé un rendez-vous avec son équivalent *Lukas*, et à présent deux êtres humains de chair et d'os s'apprêtent à se rencontrer.

Un portier approchant la soixantaine, cheveux gris et costume impeccable, la rejoint peu après pour l'accompagner du hall jusqu'au bureau du gestionnaire et conseiller clientèle s'occupant de son dossier. Durant le trajet en ascenseur, il demande à Êve, avec un sourire cordial, si elle désire boire quelque chose, café, jus d'orange. Son haleine mentholée ne couvre pas tout à fait les relents d'alcool et de tabac. Êve décline, voit s'afficher, imperceptible, l'amertume de l'homme et son désarroi. Déclassement à cinquante-huit ans, baisse de salaire et reconversion dans « l'accueil clientèle » alors qu'il se sent encore utile, qu'il aurait encore beaucoup à donner, pense-t-il. Le costume est le vestige d'une époque révolue. Et, surtout, s'estimer heureux de ne pas pointer au chômage.

Éclairage tamisé du corridor, moquette grise et sobre, photos en noir et blanc de paysages suisses (Barrage de la Grande Dixence, Cervin, *Kapellbrücke* de Lucerne, Jet d'eau de Genève...). Elle a le temps de parcourir un bon bout du territoire via ses symboles, le box où on l'attend est au fond du couloir à droite.

Aussitôt qu'il aperçoit Êve derrière la baie vitrée, le conseiller se lève et contourne la table pour venir lui ouvrir la porte.

« Madame Sauget ? Steve Bürri, enchanté ! » Poignée de main vigoureuse et empressée, seconde main se posant délicatement sur l'épaule d'Êve pour l'inviter à entrer, civilités de rigueur pour une cliente de choix. Dans son dos, l'agent d'accueil n'est déjà plus une présence, Ève se retourne, pourtant :

« Monsieur ? » L'homme s'empresse de revenir sur ses pas. « Finalement, j'ai changé d'avis. Je prendrais bien un espresso et un verre d'eau, s'il vous plaît.

— Mais bien sûr ! intervient Steve. Pour moi aussi. Deux espresso, merci Michel. »

Michel fait une légère courbette, Ève le regarde s'éloigner, voit les épaules larges un peu voûtées, lui parle dans sa tête, lui demande de tenir. De tenir pour lui et pour tous les autres.

« Madame Sauget ? Je vous en prie... »

Ève ne prend pas place face au bureau du gestionnaire, mais sur le fauteuil *Diamond* que lui présente Steve dans un angle de la pièce aménagé en salon cosy, avec table basse, petits chocolats Läderach, bouteilles d'eau Valser (pétillante et plate) et verres disposés à l'envers sur une coupelle. Le fauteuil est inconfortable pour Ève qui a souvent de la peine à s'adapter aux formes du mobilier contemporain. D'ailleurs, elle ne peut s'empêcher de faire un lien un peu sinistre entre les tiges chromées de sa chaise Bertoia et ses prothèses en titane.

Dans son dos, Steve fait jouer les lamelles des stores vénitiens afin de les isoler du couloir, la règle veut que les fortunes s'épanouissent dans la discrétion. Le gestionnaire récupère son ordinateur portable, le pose devant lui sur la table basse. Lui non plus ne semble pas très à l'aise sur cette chaise qui lui fait écarter les cuisses, son pantalon *slim* trop ajusté remonte à mi-mollet et comprime ses testicules. Il pianote sur les touches de sa machine tandis que Michel fait son retour avec les cafés, pose le plateau – Ève remercie – et disparaît en refermant doucement derrière lui. La lumière de l'écran illumine le bas du visage de Steve, une bulle de salive s'est formée au milieu de ses lèvres fines. Ève détourne le regard vers un cadre photo posé sur le bureau ; devine un visage de femme un peu déformé par la perspective, se dit que les minutes pèsent lourd dans le ronronnement de la climatisation, qu'elle sera bientôt ailleurs, tandis que le jeune homme termine de consulter les données la concernant pour une rapide mise à jour.

Il lève la tête, ajuste machinalement le nœud de sa cravate.

« Bien, mademoiselle Sauget... »

Ève peine à s'associer à son vrai nom, elle a l'impression de se dédoubler, qu'on parle d'elle au passé, évocation d'une défunte – ce qui est le cas, d'une certaine façon.

« Tout d'abord, je vous remercie de nous avoir contactés, il est vrai que nous cherchons à vous joindre depuis un certain temps...

— Je suis souvent en voyage, oui.

— C'est ce que j'ai cru comprendre. En tout cas, rien d'urgent ni de grave, bien au contraire ! C'est que, voyez-vous, votre compte épargne a dépassé à présent le demi-million... »

Je ne sais pas, mais cette nouvelle arracherait un sourire à n'importe qui, sauf elle :

« Combien exactement ?

— Eh bien... Six cent vingt-neuf mille trois cents francs, exactement. C'est une somme, n'est-ce pas ? Vous comprenez, dans votre situation, il serait judicieux de voir ensemble comment gérer au mieux ce montant, d'autant plus qu'aucun prélèvement n'a été effectué depuis plus de trois ans. Nous avons plusieurs produits de placement très intéressants permettant de faire fructifier votre capital de manière rapide et efficace...

— Je ne crois pas, non.

— ... Le plus intéressant étant une opération d'intérêts composés permettant de démultiplier votre patrimoine. Il s'agit de...

— Je ne veux rien faire fructifier du tout.

— Attendez, ce serait absurde de ne pas profiter d'une situation qui vous serait extrêmement favorable !

— Je veux savoir qui me verse cet argent chaque mois depuis toutes ces années.

— Dix mille francs, oui.

— Qui, Steve ? »

Steve Bürri frotte ses paumes sur ses cuisses, son pantalon se froisse. Il se racle la gorge. Le jeune conseiller n'a pas été formé pour ce cas de figure.

« Je ne crois pas pouvoir vous renseigner, mademoiselle Sauget.

— Faites un effort, s'il vous plaît.

— Je... je vais voir ce que dit mon directeur. »

Le gestionnaire se lève, saisit son smartphone posé sur la table et quitte la pièce. Ève regarde autour d'elle, puis ses pieds. Termine son café et avale un petit chocolat. Steve revient peu après.

« C'est bien ce que je pensais, dit-il. La pseudonymisation du créditeur ne me permet pas de remonter à la source lorsqu'elle tient à rester anonyme. Même dans le cadre du *cloud banking*, nous sommes tenus au secret bancaire, je suis désolé.

— Pas autant que moi, mais ça ira.

— Est-ce que... Vous permettez que je vous pose une question ? Depuis toutes ces années, vous n'avez jamais fait de démarches dans ce sens, il me semble, pourquoi maintenant ?

— Parce que le moment est venu.

— Entre nous, mademoiselle Sauget : si nous abordions sérieusement cette question de la fructification du capital ?

— Tout à fait. »

Le visage de Steve s'éclaire, puis s'assombrit aussitôt dès qu'il entend la suite :

« Vous allez clore mon compte, reprend Ève.

— Mademoiselle Sauget, voyons, nous ne pouvons pas...

— Les versements seront ainsi bloqués et retournés à leur émetteur, non ?

— Oui, bien sûr, mais ce serait ridicule de vous priver...

— Alors, vous allez clore mon compte, Steve, et me donner mon argent en liquide.

— Attendez, ce n'est pas comme ça que ça se passe.

— *Entre nous*, c'est pourtant bien comme ça que ça va se passer, Steve. »

10

Un voyage en train dont l'itinéraire suit une verticale traversant la Suisse du nord au sud, avec un passage par le tunnel du Lötschberg, plus de quatorze kilomètres creusés dans la roche, forcément, on ne coupe pas aux montagnes.

Depuis le wagon, la lumière blanche du néon éclaire les murs de la galerie, flashs réguliers butant sur le schiste sombre, caresse minérale du train qui se faufile. Pourtant, bien que le wagon soit confortable, une odeur métallique de freins et de rouille, de frottement des roues et des essieux, d'urine subreptice, s'insinue dans l'espace de 1re classe.

Ève est installée dans un siège moelleux et individuel, dans le sens de la marche. Ses bagages sont rangés dans l'espace dédié au milieu de la rame, avec ceux des autres passagers. *Dans* un siège. *Dans* le sens. *Dans* l'espace. Comme si tout se déroulait à l'intérieur d'elle-même avant de buter contre l'extérieur. Elle croise une dernière fois le reflet de son visage dans la vitre avant que le train ne s'expulse de la galerie pour rejoindre la gare de Brig.

Le soleil l'éblouit. C'est encore et toujours le ciel bleu vif de l'été, la lumière aveuglante lui fait remettre ses lunettes de soleil. Elle lève son regard sur les crêtes des montagnes se découpant dans l'azur. Il y a comme de l'optimisme, une percée de joie et d'insouciance. Ève sourit et, comme on l'a vu, ce n'est pas souvent.

Au-dessus d'elle, sur le porte-bagages vitré, sont rangés 629 000 francs en coupures de mille. Il aura fallu attendre quarante-huit heures pour vider son compte et recevoir en échange ces billets neufs, rassemblés en liasses remplissant un sac Eastpak aux motifs aborigènes acheté au *duty free* de Brisbane. L'argent, la place qu'il prend : beaucoup dans la vie, peu dans l'espace.

Mais ce n'est pas pour l'argent qu'elle sourit.

C'est pour l'hippopotame…

*

… qui l'attend en gare de Martigny à 17 h 42.

Il est là, Matt Mauser. Au milieu du quai, il patiente dans une chemise jaune à motifs de mangues et un bermuda blanc, Birkenstock aux pieds. Ève ne peut pas faire le rapprochement avec le chanteur Carlos et la pub Oasis, elle est née en 1990. Et puis, Matt est plus grand, plus gros.

Malgré lui, il est dans l'expansion, à chaque battement, son cœur fournit un effort démesuré pour le maintenir en vie. Il est une apologie du libéralisme à lui tout seul, Mauser, alors qu'il n'y a pas plus décroissant que lui dans ses convictions. C'est dur quand votre apparence dit le contraire de ce que vous êtes.

Dès qu'il l'aperçoit, il bouge sa graisse ; chaque fois, Ève est surprise par son agilité, cette masse se déplaçant soudain avec une sorte de grâce pachydermique. Elle ne connaît pas Carlos et sa pub, en revanche elle a lu Raymond Carver et songe à cette nouvelle où une serveuse est fascinée par un obèse qui mange avec voracité.

Matt se déploie, Ève lâche sa valise à roulettes et les deux se prennent dans les bras. Il y a ce ventre qui les empêche de se serrer tout à fait, l'encombrement de la queue de sirène dans sa housse, le sac de sport sur une épaule et...

« Putain, Matt, mon sac à dos ! »

Coup de sifflet du chef de gare, Mauser fonce vers le wagon d'où elle est descendue. Un avertissement sonore retentit, la porte se referme sur lui. La rame quitte lentement le quai. Les deux se regardent à travers la vitre, Ève se mord la lèvre, Matt hausse les épaules, lui fait signe de l'attendre, le temps d'un aller-retour à Lausanne, le prochain arrêt.

Ève sort de la petite gare, se faufile au milieu de grappes d'hommes rassemblés sous l'auvent d'une épicerie Migrolino. Peut-être Afghans ou Syriens. La plupart fument et boivent des canettes de bière, on entend un rot, des rires. Il y a aussi des Ukrainiens ou des Tchétchènes, elle n'en sait rien, le grand bordel du monde et de ses réfugiés la laisse indifférente, on pourrait lui en vouloir de ce détachement. Le ciel s'est couvert, un vent sec et chaud annonçant l'orage balaie le parking, soulève des papiers et fait tournoyer sur eux-mêmes des gobelets en carton vides.

Ève repère la vieille Subaru Outback bleue, tâtonne sous la carrosserie, trouve les clés posées sur le pneu. Elle range son barda dans le coffre du break, s'installe à l'avant, côté passager, tandis que les premières gouttes, grosses et grasses, rebondissent sur le pare-brise. Au loin, les réfugiés s'enfoncent plus profondément sous l'abri offert par la gare. Ève a du temps à tuer, c'est ce qu'elle ne cesse de faire, d'ailleurs. Elle n'a pas de livre – ne lit plus comme autrefois, avant l'accident. Le coma lui a légué un déficit de l'attention ou quelque chose d'approchant. Ou alors c'est qu'elle ne croit plus aux histoires qu'on lui raconte. Elle se contente de pianoter sur son smartphone, parcourt les nouvelles en scrollant, constate la redondance, le croisement et le flux de l'information sans réelle épaisseur ni analyse.

L'orage éclate dans toute sa force, la pluie dégouline sur la vitre. Les vibrations du tonnerre déclenchent l'alarme de plusieurs voitures en stationnement. Elle pose ses paumes à plat sur les oreilles pour en atténuer le bruit, les sons qui vrillent dans sa tête la heurtent. De ce qu'elle peut voir, et en dehors sans doute de la Fondation Gianadda dont les affiches pour une exposition sont placardées devant la gare, de toutes les villes qu'elle a connues, Martigny est l'une des plus tristes du monde. C'est une hypothèse que j'évoque dans un palmarès subjectif, pas celui de Wikipédia.

*

Matt Mauser finit par revenir. Il revient toujours. Tant qu'il en aura la force. Pour Ève et l'amour secret qu'il lui porte.

Il ouvre la portière, elle se réveille en sursaut alors qu'elle s'était assoupie et que les nuages se sont dissipés pour revenir au ciel bleu. Matt sent le chien mouillé. Sur sa peau, dans ses cheveux noués à la façon d'un shogun, l'odeur de sueur se mêle à celle de la pluie. Il pose le sac à dos sur les genoux d'Ève, s'installe derrière le volant :

« J'espère que ce qu'il contient en vaut la peine, dit-il en soufflant.

— Tu n'as pas regardé ?

— Ben, non. Je suis encore de ces gars qui ne regardent pas dans le sac d'une femme.

— Parce que tu n'as pas de femme, ni de soupçons.

— *La belle vie, sans soucis, sans problème*... Tu connais la chanson triste des célibataires, non ?

— Vas-y, alors.

— Quoi ?

— Regarde. »

Il dézippe le sac, fouille à l'intérieur avec sa grosse main. Siffle de surprise : « Bon sang, Ève ! Y a combien ? » Elle le lui dit, et il reprend : « Merde, le temps d'un aller-retour à Lausanne, ça fait du 324 500 francs de l'heure, j'ai rétamé Ronaldo et tous ces connards de footeux capitalistes !

— Tu prends ce que je te dois et tu gardes vingt mille en provision. J'aurai sûrement d'autres trucs à te demander... »

Matt ouvre la fenêtre de la portière, sort son paquet de Marlboro, l'allume.

« Donne-m'en une.

— Non, toi tu ne peux pas, tu dois respirer sous l'eau. »

Ève sourit, ouvre sa fenêtre. La fumée ne la dérange pas. Elle a chaud, surtout.

« Pourquoi t'as pris ce fric ? insiste Matt.

— Je voulais couler l'UBS.

— Sérieusement.

— Parce que tu as retrouvé le type, et que je vais bientôt savoir.

— Si c'est pour le convaincre de parler, j'ai mes méthodes, inutile de jeter ton argent par les fenêtres.

— Pour l'instant, je veux que tu le gardes. Tu seras mon banquier préféré...

— Je serai ton seul banquier, nuance. »

Ève tend son cou vers lui, il voudrait essuyer sa transpiration avec le pan de sa chemise, mais elle interrompt son geste et lui fait un bisou sur sa joue poisseuse. Elle n'essuie pas sa bouche, laisse la sueur du gros sécher sur ses lèvres. Si on pouvait associer chaque personne à un moment unique qui la représente, qui dirait tout d'elle, eh bien Matt choisirait celui-ci pour Ève. Il la regarde, se demande si toute cette flotte qui déborde de lui ne ferait pas un point commun avec les sirènes.

Matt fait démarrer le moteur, donne un coup d'essuie-glaces sur le pare-brise, pose sa main sur le levier de vitesse, hésite.

« Ève, je ne sais pas ce que va nous raconter ce type, ce que ça va remuer chez toi. Mais tu peux encore renoncer, prendre ton fric et décider de vieillir peinarde dans une maison sur pilotis au Sri Lanka. Tout le monde veut la vérité, mais tous ne peuvent pas l'entendre.

— Tu as le pied sur l'embrayage, là ? Alors, passe la première, Matt Mauser. »

*

Ils arrivent à l'auberge du Godet vers 20 heures 30 après avoir traversé la vallée de la Lizerne par la route de Derborence, longeant une des dernières forêts primaires de Suisse peuplée de sapins monumentaux.

Durant le trajet, Ève et Matt sont restés silencieux la plupart du temps. Sauf ce moment où, après avoir quitté l'autoroute, le gros s'est mis à décrire le paysage et lui a appris que la forêt vierge de Derborence se régénère par elle-même, que les aigles royaux y ont élu domicile. Matt: « Cette région est un district franc fédéral où les espèces menacées et leur habitat sont protégés. » Ève : « C'est un lieu où l'Homme n'intervient pas, c'est ça ? » Matt : « Quasiment, oui. » Ève : « Je pourrais y vivre, alors ? » Matt : « Ouais, la Sirène du lac de Derborence ! » Ève a regardé par la vitre, puis : « Dis, Matt, tous les deux, on est un peu comme en vacances, non ? » Matt a grogné, s'efforçant de rester sérieux. Il vit à Genève, le Valais est son pays, et elle voyait bien qu'il était content que le hasard de ses recherches l'ait ramené au bercail. Une fois lancé, il n'a pas pu s'empêcher de rapporter des anecdotes comme celle de l'éboulement du massif des Diablerets en 1714, qui a inspiré le roman de Charles-Ferdinand Ramuz. Il s'est mis alors à lui raconter l'histoire de ce type comme ressuscité de la montagne, et c'était mieux que d'écouter la radio.

*

Mado, la patronne aux cheveux en épis peroxydés, accueille ce drôle de couple pas du tout assorti ni fait l'un pour l'autre. Elle leur serre la main avant de leur montrer leur chambre à l'étage, une double avec lit matrimonial. Mado leur annonce que le repas est prêt. Pas de Wi-Fi, mais du pain frais et des produits locaux. Matt pose les bagages et lui dit qu'ils arrivent tout de suite. « Vous n'êtes pas aux pièces quand même », et Mado les laisse seuls.

Les portes-fenêtres sont grandes ouvertes. Ève sort sur le balcon, s'invite dans l'air frais, presque froid à présent, elle se serre dans ses bras. La vallée est dans l'ombre tandis que les derniers rayons du soleil enflamment les cimes des deux glaciers proches. Le paysage est austère et minéral. L'été est sur le déclin et Ève pense que la mort rôde, qu'elle ne vivra plus très longtemps, et ça l'emmerde, beaucoup même, de n'avoir pas pu connaître une existence paisible faite de bonheurs simples.

Matt s'avance dans son dos et la prend dans ses bras pour la réchauffer ; deux bras qui sont comme deux morceaux de jambon, dépassant des manches courtes de la chemise, la peau rougie par le soleil. Ève frotte doucement sa joue sur les poils longs et soyeux de ses avant-bras.

« Ça ne dépend que de toi, Ève, murmure Matt.

— Quoi ? La vie paisible ? Tu lis dans mes pensées, maintenant ?

— C'est facile quand on tient à quelqu'un. »

Ève ferme les yeux, son ventre gargouille, elle n'a bu que du café et de l'eau depuis ce matin, mangé un peu de raisin. Tout est déplacé, ces bruits dans son estomac, ces bras qui l'enserrent, les paroles qu'il a prononcées, et pourtant, c'est un bout de vie, un morceau d'éternité.

« J'ai faim, Matt. J'ai très faim. »

*

C'est vrai, on pourrait penser que ce sont de petites vacances, des Polaroid, des instantanés de vie. Ève dévore ce que lui apporte Mado : viande séchée, tartelette à la courge et coppa, crêpe au fromage... Finalement, elle mange deux fois plus que Matt alors qu'il pourrait la soulever d'une seule main. Dans la petite salle aménagée en carnotzet, il n'y a qu'eux ce soir et ça les arrange bien de ne pas devoir faire la conversation à d'autres convives. Juste Félix, le mari taiseux de Mado, qui est venu les saluer. La patronne va et vient, mais les laisse tranquilles, elle suppose un week-end en (drôles) d'amoureux, alors que tout concourt à un plan précis.

« Mollo, Ève, tu vas te rendre malade. »

Ève lève les yeux de son assiette :

« Quand est-ce qu'on y va ?

— Termine tranquillement. On n'est pas pressés.

— Un verre de vin ?

— Pas d'alcool.

— Garder l'esprit frais, ne pas s'alourdir, rester en pleine conscience ?

— C'est ça.

— On dirait du bouddhisme. Un dessert, je pourrai ?

— Si tu finis ton assiette.

— Compte là-dessus. »

Lorsqu'ils décident de quitter l'auberge, il est 22 heures passées. La patronne leur laisse une clé. Elle pense à un pot tardif dans un bar de Conthey, mais bon, ils n'ont même pas goûté à l'humagne local, alors... C'est pas tout, faut qu'elle donne un coup de main à Félix avant la fermeture, qu'elle dit. En guise d'au revoir, elle leur recommande d'être prudents sur les routes de montagne, la nuit.

La nuit, oui. Les étoiles si proches, par milliers dans le ciel lavé par l'orage, elles semblent décuplées par l'absence de lumières artificielles. Une cascade d'étoiles filantes, potentiellement des vœux à la pelle, mais Matt démarre la voiture, allume les phares éclairant la route noire, on n'est pas là pour tirer des plans sur la comète.

« Tu pourras le faire plus tard, si tu y tiens.

— Matt, tu me fous les jetons à t'inviter comme ça dans ma tête.

— J'arrête, promis. Mais dis-toi que c'est rien qu'un coup de bol... »

Il regarde droit devant lui et prend la route en direction du Refuge du Lac. On grimpe encore, Ève se tient à la poignée de la portière à chaque virage. Conduire vite est une des choses que Matt sait bien faire, charger un .45 les yeux fermés aussi. Celui qu'il sort de la boîte en métal planquée sous son siège, une fois garé à bonne distance d'une série de mayens bordant la route qui finit en cul-de-sac.

« C'est nécessaire ? demande Ève.

— À part pour mes séances de tir, ce flingue, je le sors une ou deux fois par an quand je suis en service. Alors, oui, c'est *potentiellement* nécessaire. »

Ève étouffe un renvoi, une remontée gastrique lui brûle l'œsophage. Matt allume une cigarette, entrouvre sa fenêtre. À l'écart des mayens inhabités, surplombant le lac sombre, les fenêtres d'un chalet-auberge de deux étages dont la base est construite en pierre sont encore allumées.

« On n'y va pas ? demande Ève.

— Non. Si tu veux voir les étoiles et faire des vœux, c'est maintenant. Mais tu restes près de la voiture. »

Ève sort de la Subaru, referme doucement la portière.

À part des éclats de voix et des rires étouffés provenant du refuge, la nuit est calme, entrecoupée par les hululements de chouettes hulottes. Les semelles de ses baskets s'enfoncent dans l'herbe molle au bord de la route. Elle n'a encore jamais vu Matt Mauser devenir quelqu'un d'autre, sa dureté émergeant au moment de l'action. Elle frissonne malgré son pull. L'air est pur et frais. Ève se frotte les bras, se sent vieille. Se dit que monter jusqu'ici, dans cette partie exacte du globe, pour rencontrer un pan caché de son passé est sans doute une erreur, que Matt a raison, finalement. Qu'elle pourrait renoncer, que ça ne changera rien de ce qui a eu lieu et restera irréversible. Elle a honte d'avoir infligé ça à Matt, qui a « planqué » ici pendant une semaine. Les trois-quarts de son boulot consistant à attendre, pissant plus souvent dans une bouteille vide que dans un water... Puis, dans un regain d'égoïsme et de lucidité, Ève soulève son pantalon, regarde ses prothèses, puis lève la tête vers les étoiles, les planètes, les galaxies, tout cet infini qui la rassure, la réchauffe soudain. Et comme si les étoiles filantes étaient solidaires, elles exaucent pour elle ce vœu non formulé de voir un homme apparaître.

Un homme lâche et veule, sortant d'un refuge à 1 449 mètres d'altitude.

*

L'homme est sorti de l'auberge à la fermeture. Il a salué les derniers clients qui ont rejoint leurs voitures sur le parking et sont partis. Il a emprunté le chemin menant à son chalet situé à quelques centaines de mètres du lac. Il remonte lentement la pente, c'est une ombre qui grimpe en titubant le chemin abrupt. Une boule de chaleur humaine dans la fraîcheur de cette nuit d'été dans les Alpes.

Ève et Matt se tiennent en amont, tapis derrière une roche moutonnée, polie par le passage d'un glacier. Ils sont silencieux. Le détective lui a expliqué comment ça se passerait : le laisser faire, et venir seulement quand il l'appellera. Ève a acquiescé, elle se tait, elle n'a plus rien à dire.

L'homme tâtonne et trouve l'interrupteur de l'applique extérieure. Dans la bulle de lumière, il apparaît cherchant ses clés dans sa poche, les trouve et s'apprête à ouvrir la porte de son habitation. Le gros lui tombe dessus après avoir fait grincer les marches menant à la coursive et appuie le canon du flingue contre sa nuque. Ève comprend mieux pourquoi il a chaussé ses baskets à semelles compensées. L'homme chancelle sans vraiment comprendre ce qui lui arrive, il est ivre et ne montre aucun signe de peur. Au contraire, il n'a pas conscience de l'arme pointée sur lui et repousse Matt avec son coude. Il est costaud, un bon mètre quatre-vingt-cinq. Matt encaisse au sternum, ouvre grand la bouche pour trouver une goulée d'air, avant de se ressaisir et de lui asséner un coup de canon à l'arrière du crâne. L'homme tombe à genoux, vomit. Matt coince l'automatique dans son dos, donne deux tours de clés avec le trousseau pendu à la serrure, ouvre la porte, saisit l'homme par les aisselles et le traîne à l'intérieur. Il est groggy, marmonne des paroles indistinctes. Matt le hisse sur un divan où il s'écroule de côté, sa chemise de bûcheron souillée de fondue mal digérée. Ça pue le fromage et le chasselas, c'est moche, mais c'est la vie.

Matt appelle Ève qui le rejoint après avoir assisté à la scène. Elle ne sait pas quoi en penser, elle est à l'origine de cette violence sans pouvoir y croire tout à fait. Matt éteint l'éclairage extérieur et verrouille la porte une fois qu'elle est entrée.

Le gros fouille dans les placards de la kitchenette aménagée dans un coin du séjour. Une échelle permet d'atteindre la mezzanine sur laquelle est posé un matelas à même le sol. Matt songe que l'homme – qui à présent émet des sortes de hoquets – doit dormir plus souvent sur son divan que là-haut, espace inaccessible dans son état.

L'intérieur est spartiate et bien rangé. Dans un placard, Matt trouve la cafetière et ce qu'il faut pour la remplir. Une fois la napolitaine posée sur la flamme du gaz, il déniche un saladier qu'il remplit d'eau froide. Matt pose le saladier sur la table basse face au divan, redresse l'homme contre le dossier. Ève est debout derrière lui et le regarde faire. La cafetière se met à gargouiller.

« Trouve une tasse et apporte-la. Non, deux, j'en ai besoin moi aussi. »

Ève s'exécute, elle est un peu comique quand elle cherche à accélérer son pas raidi par ses fausses jambes. Elle ne ressemble pas du tout à une ménagère à l'aise dans sa cuisine. « Dis, Matt, on ne fait pas trop de bordel ? Les voisins ne risquent pas de nous entendre ?

— C'est le seul mayen habité. Aucun souci. Apporte le café, s'il te plaît. »

Matt boit sa tasse à petites gorgées, allume une cigarette. Tire dessus comme un malade. La sueur coule abondamment sur son visage. Il retire le pistolet coincé dans son dos et le pose sur la table. Il s'essuie le front avec le bas de son sweat.

« Tu sais quoi, Ève ? Je me fais vieux. Allez, fais-toi plaisir, balance-lui la flotte... »

Ève hésite, mais au fond, c'est un truc qu'on a tous eu envie de faire au moins une fois dans sa vie : elle prend le saladier et jette l'eau glacée sur le visage de l'homme.

Qui ouvre aussitôt les yeux, pousse un râle, manque de s'étouffer en toussant. Son visage buriné vire au carmin, il tousse encore, crache. Les gouttes d'eau ruissellent dans ses rides, se mélangent aux vomissures sur le devant de sa chemise. Il a des cheveux gris mi-longs, des yeux bleus et des mains larges dont il ne sait que faire ; une impuissance qui, maintenant, est due davantage à l'étonnement qu'à l'ivresse. Ève le trouve beau, même si sa bouche est un peu molle, que ses traits virils s'affaissent, mais c'est vrai aussi qu'il n'apparaît pas sous son meilleur jour.

Matt tend le mug de café à l'homme qui le repousse. Le liquide déborde et brûle les doigts de Matt. Le gros pose la tasse sur la table, et le gifle. La tête de l'homme part en arrière, son corps s'affaisse à nouveau. Matt le saisit par le col et le remet en position assise. Le choc passé, l'homme rouvre les yeux, ses prunelles sont injectées de sang. On ne sait plus trop si c'est à cause du vin ou des coups. Matt lui tend à nouveau le mug.

« On reprend depuis le début, Bruno.

— Je m'appelle... Patrick...

— Bois ton café et on en reparle.

— Qu'est-ce que... vous voulez ?

— Bois. »

L'homme s'exécute. C'est alors qu'il voit Ève. On dirait que ça le rassure, il sourit.

« Vous êtes deux..., constate-t-il.

— C'est ça. Et c'est surtout pour elle qu'on est là tous les trois. »

Matt Mauser prend son .45, arme la culasse et engage une balle dans le canon. Repose le pistolet sur la table devant lui. L'homme semble réveillé maintenant, un café et un flingue, ça vous requinque tout à fait.

« Je sais, continue Matt, tes papiers indiquent Patrick Marchand. Mais ton vrai nom, c'est Bruno Bonvin.

— Qui êtes-vous ? »

Matt lui lance son paquet de clopes. L'homme hésite, en prend une, l'allume avec le briquet coincé dans la cellophane. Ses mains tremblent, mais là, les causes peuvent être multiples : alcoolisme, peur, surprise. En tout cas, la montée d'adrénaline est certaine.

« De moi, on s'en fout, continue Matt. C'est de toi qu'il s'agit. Et d'elle, ajoute Matt en désignant Ève.

— Je m'appelle Patrick Marchand...

— Écoute-moi, Ducon : je t'ai cherché pendant deux ans, j'ai reniflé chaque recoin de ce foutu pays, un moment j'ai même cru que t'avais été assez malin pour disparaître définitivement dans la nature. T'es passé par le Portugal et la Grèce, mais un Bonvin, ça finit par revenir sur ses terres. Ton père est mort l'an passé et c'était lui qui tenait le refuge...

— Et alors ? Vous êtes flic ? J'ai déjà payé ma dette, j'ai le droit de refaire ma vie !

— Objectivement, oui. Sauf que mon boulot, c'est de chercher la vérité. Crois-moi si tu veux, mais je suis capable de reconstituer une belle merde même quand on a chié dans le ventilo. Tu vois où je veux en venir, *Patrick* ?

— Mais vous êtes qui, putain ?!

— Pas moi, elle. »

Ève s'assied sur le second fauteuil, allume la lampe sur le

guéridon. Un halo de lumière chaude éclaire son visage. Bruno-Patrick écarquille les yeux, cherche à accommoder son regard. « Je vois pas qui c'est, non. Je vous connais pas.

— Je m'appelle Ève, mais comme vous, j'ai un autre nom : Nathalie. Nathalie Sauget... »

Maintenant, on ne joue plus à cache-cache. C'est Bruno, et ça se voit sur sa figure qui se décompose lorsqu'il entend celui de Nathalie, on dirait du Picasso.

« Mon visage a été refait en grande partie. Mais même sans ça, vous ne pouviez pas vous en souvenir. On n'a pas eu le temps de se connaître ni même de se voir une seule fois en pleine lumière...

— Vous étiez dans le coma avec des bandages... Comment j'aurais pu... ?

— Le problème, l'interrompt à nouveau Matt, c'est que tout est à l'envers. Ce que je veux savoir, c'est qui était au volant de la Lamborghini cette nuit du 22 juillet. »

Bruno baisse la tête, insiste :

« J'ai payé ma dette, laissez-moi tranquille. Je m'appelle Patrick Marchand et je veux oublier tout ça. Je regrette, je regrette tellement, nom de Dieu...

— Qui, Bruno ?

— On a tous le droit à une seconde chance. J'ai changé de nom, de vie. Je suis quelqu'un d'autre... »

Du plat de la main, Mauser lui donne un coup sur le nez. L'homme pousse un cri, agrippe son visage avec ses mains. Le sang coule, les fluides se mélangent, morve, dégueulis, hémoglobine, c'est moche, sans compter que ça fait un mal de chien.

« Ça suffit, Matt.

— Tu vois, elle, c'est le gentil flic. Mais moi, je vais pas te lâcher, enculé. Je sais que ce n'était pas toi au volant, cette nuit-là. Je veux savoir qui tu couvres.

— Personne. C'était moi, je vous jure. J'ai fait dix-huit mois de taule, foutez le camp ! »

Mauser lève son poing pour le frapper, Ève s'interpose. « Arrête, Matt. S'il te plaît. Arrête. » À l'homme : « Bruno, regardez-moi. Regardez-moi, Bruno : tout ça, vous retrouver, venir ici, c'est mon idée, c'est moi qui l'ai voulu. Ça a été un travail de patience, et maintenant, je suis là, ici, devant vous. Moi aussi, je suis devenue quelqu'un d'autre. Mais contrairement à vous, je n'oublie pas, je ne veux pas oublier. J'ai tout perdu, vous savez ? J'ai perdu bien plus que la vie, je n'ai pas eu la chance de mourir cette nuit-là. Quelque chose en moi a voulu vivre, allez savoir pourquoi, peut-être à cause de l'enfant que je portais...

— C'est vous qui devez arrêter, maintenant, je vous en prie, fait Bruno en cachant son visage, laissez-moi... »

Ève ne dit rien, Matt la laisse faire ou, plutôt, laisse le moment suspendu. Elle relève en silence le bas de son pantalon jusqu'aux genoux, dévoilant ses prothèses. Elle reste ainsi, silencieuse, jusqu'à ce que Bruno lève les yeux et voie les deux amputations. Et c'est là qu'il ajoute les larmes à la morve, au vomi et au sang. On n'en finit pas de se répandre.

....

Il était une fois Nathalie qui roulait sur son vélo. Autre prénom, autre temps, mais c'est bien d'elle dont il s'agit, dans une nuit d'été d'une vie précédente. Parce qu'on vieillit, on se superpose par strates, on s'épaissit comme un tronc, oubliant le cœur sous le tissu ligneux qui nous constitue et qui est toujours là, sève et ligne de vie. Il faudrait pouvoir y revenir, parfois, mais on n'y revient jamais. Sauf quand on nous coupe en deux et qu'on tombe.

Il était une fois un instant plein, ces minutes qui se succèdent et durent, longues comme des heures. Où dedans, à l'intérieur de soi, la joie déborde, le cœur pulse d'un élan incontrôlable et enfantin. Le souffle lui manque, à Nathalie, mais ce n'est pas parce qu'elle pédale un peu trop vite sur son vélo même pas électrique, acheté d'occasion, plutôt une arythmie du bonheur, le cœur qui fait des bonds, oublie un battement, en rajoute un par caprice, à contretemps, pompant le sang de façon désordonnée. Elle a cet enfant qui pousse dans son ventre, lui donne des coups de pied, la vie qui pulse. Il y a le bonheur d'un été qui bat son plein, la nuit qui sent le jasmin, l'odeur du lac devenu trop chaud, son humidité comme une sueur d'algues et de zooplanctons. La brise tiède sur son visage moite. Un discret plaisir érotique, surprenant, qui se manifeste dans son bas-ventre alors qu'elle pédale en souplesse, la jupe remontant sur ses jambes. Une longue descente s'annonce, elle pourra fermer les yeux quelques secondes et goûter à la nuit. Ce n'est rien d'autre qu'un banal moment de grâce. Il n'est pas facile de raconter la joie, la prouesse serait d'écrire un roman entier là-dessus, sur la félicité, peu exportable car ennuyeuse pour celui qui ne la vit pas, insupportable ataraxie pour le préoccupé face à la béatitude du souriant. Peu à dire, rien à raconter, le voilà tout absorbé à vivre. Il le faut pourtant, dire la joie de cette femme, en tout cas le strict nécessaire, l'indispensable envol pour comprendre sa chute, son drame, sa tragédie. Et là, tout de suite, voilà que ça devient plus intéressant, on s'arrête, on tend l'oreille, on plonge le regard.

Il était une fois, donc : la nuit, la lune et l'odeur du lac.

Et une femme heureuse.

À ses trousses, un destin vache : il a pris la forme d'une Lamborghini *Veneno*, moteur V12, de 0 à 100 km/h en 2,9 secondes pour le modèle *roadster* fabriqué uniquement en neuf exemplaires à 7,3 millions d'euros pièce.

Son conducteur, lui, est en virée sur la planète Défonce. La nuit l'empêche de bien voir malgré les phares puissants de son véhicule. La lune est une illusion découpée sur le ciel. Quant à l'odeur du lac, il ne peut la sentir dans son habitacle en cuir marron, isolé et rafraîchi par l'air conditionné. Et puis, l'homme est bien plus qu'un homme, c'est un prince. Un vrai. Il a cinq frères et trois sœurs, mais c'est lui le prince héritier. Il a 26 ans, l'âge exact de Nathalie. Il conduit un bolide dont la plaque minéralogique est immatriculée à Dubaï. Transport par avion pour les trois semaines de vacances au bord du lac Léman. Il y vient depuis l'âge de 14 ans, loge dans un de ces hôtels 5 étoiles de la rade de Genève. C'est le genre de client dont les livreurs s'arrachent les commandes : pourboire de cent balles garanti pour leur apporter des pizzas dans une suite hors de prix.

À côté du prince, il y a une fille qui n'est pas voilée, une escorte, une courtisane ; disons-le franchement : une pute de haut vol. Blonde et caucasienne avec des lèvres gonflées au botox. Exactement le genre de fille que le prince n'épousera jamais, mais dont il va profiter un maximum. Ses jambes longues et dorées s'échappent de la minijupe et prennent fin avec une paire d'escarpins Louboutin qu'il lui a offerte dans l'après-midi. Ce que veut le prince, là, maintenant, c'est qu'elle se masturbe pendant qu'il conduit, il exige et la fille s'exécute. Parfois l'existence vous amène à faire des trucs comme vous branler dans une Lamborghini. Ça se racontera éventuellement quand on sera bien vieille le soir à la chandelle, peut-être dans un livre qui serait un témoignage. Et si, au fond, elle ne trouve pas ça si humiliant ni désagréable, c'est grâce au Ruinart rosé et au gros chèque qu'elle rangera dans sa pochette Prada demain matin.

Elle a ôté sa culotte et commence à se toucher, faisant abstraction du prince pas très charmant : un peu gras – adipeux, on dira – aussi bien dans son corps que dans ses manières. Pas très sympathique non plus, mais ça c'est parce qu'il a été pourri gâté. En plus de l'alcool, il est imbibé de parfum Lattafa Asad – oriental, épicé, gourmand, mais plutôt écœurant, juge la fille. Il a fumé un chichon bien chargé au *black afghan* et maintenant, il veut s'exciter en l'écoutant gémir ; sauf qu'il bande mou et appuie davantage sur l'accélérateur. Une sorte de rage mêlée à la frustration, exacerbée par *Venom*, un rap d'Eminem qui résonne dans les enceintes et leur fracasse les tympans ; c'est que le whisky et la résine de chanvre ne sont pas l'idéal pour la bandaison. Il est jeune, il doit encore apprendre.

Le prince s'est un peu égaré dans la région. Il a voulu sortir seul, sans chauffeur ni garde du corps, dîner dans un resto chic au bord du Léman, frimer avec la Lambo et la fille avant de revenir à son hôtel. Et lorsqu'il roule sur cette route secondaire longeant le lac, passé minuit, il n'y a plus personne, alors il accélère encore...

Quant à Nathalie, sa faute est de rouler sans phare arrière. Et quand bien même, pour ce que ça aurait fait comme différence… Elle revient d'une soirée chez une copine possédant une maison avec piscine. Avec elle, il y a quelques années, elle a fait les championnats d'Europe junior de natation synchronisée. Nathalie-natation promène son joli bidon de femme enceinte, les jambes un peu lourdes, les pieds gonflés. Avoir passé l'après-midi dans la fraîcheur de l'eau a été une bénédiction. Ses amis ont bu des alcools, elle a siroté des jus pressés. Dans ses veines coule cette joie gorgée de vitamines.

À ce moment précis, la Lamborghini est à environ deux cents mètres du vélo. C'est-à-dire qu'on a là un extérieur et un intérieur inconciliables. Une femme et un homme que tout oppose.

L'escorte s'excite, pas besoin de faire semblant, et c'est bien la première fois en compagnie du prince. C'est de s'exhiber ainsi. Elle-même est surprise de cette jouissance inattendue. Le prince entend les gémissements, tourne la tête, la regarde, oublie qu'il roule à 120 km/h sur une route de campagne. La fille, elle, voit la cycliste au dernier moment, ses cheveux longs, ses épaules dénudées dépassant de la robe à bretelles ; l'éruption du plaisir explose à l'instant même de l'impact de la Lamborghini avec la roue arrière de la bicyclette. Tout s'envole : la cycliste et son vélo, le plaisir brusquement interrompu. La fille crie au prince de freiner. Il ne comprend pas, la fille se met à le frapper, à le griffer, lui hurle de s'arrêter, il obéit, laisse un bon centimètre de pneus sur l'asphalte, longues traces sinueuses, épaisses et fumantes.

L'escorte bondit hors de la voiture, court à travers le petit champ où gît le corps inanimé de Nathalie Sauget, ce corps qui a pris une drôle de forme, pas du tout normale et symétrique, les jambes faisant des angles surréalistes, la mâchoire trop ouverte et déboîtée, le sternum défoncé... Tout ce qu'on sait déjà sur ce corps malmené, meurtri, haché et rompu.

Le prince arrive dans le dos de la putain qui lui répète d'appeler une ambulance. Le prince ne réagit pas, il est pétrifié face au corps inerte et peut-être mort, mais *call an ambulance* ne semble pas une option, pas du tout même. Il prend la fille par le bras et l'attire de force vers la voiture. Une énergie surprenante l'anime tout à coup, l'adrénaline, la peur panique : bourré, camé et en excès de vitesse, il est bon pour passer au pénal avec quelques années de taule à la clé. La fille se rebiffe, s'époumone qu'elle ne veut pas, ses talons s'enfoncent dans la terre, elle perd une chaussure, le prince la gifle deux fois, récupère l'escarpin et l'oblige à remonter dans la voiture. Ses menaces sont claires, il parle de lui faire du mal, de la défigurer, de la faire disparaître si elle ne ferme pas sa gueule. La fille est terrifiée, elle connaît le pouvoir du prince, ses hommes de main qui n'hésiteront pas.

Il boucle sa ceinture, referme sa portière. Contourne la *Veneno* et s'installe au volant.

« *Nothing happened. Absolutely nothing.* »

Dit-il.

Et il démarre.

....

Ève ne bouge pas. Bruno se ressaisit, se mouche dans ses doigts, s'essuie la main sur son pantalon. On n'en est pas à un mouchoir près. Il n'ose plus lever la tête ni regarder cette femme dans les yeux. Les prothèses filiformes dans ces Nike le terrifient. Pour se donner du courage, il demande une nouvelle cigarette à Matt. Il dit bêtement qu'il a une cartouche près de son lit, sur la mezzanine, comme si taxer une nouvelle clope au gros le mettait mal à l'aise alors qu'il a tant à dire et à avouer.

« On m'a réveillé vers deux heures du matin. Je dormais dans une des chambres de l'hôtel. Mon contrat durait quatre semaines. Une des conditions était que je sois disponible vingt-quatre heures sur vingt-quatre. Mais ce soir-là, le prince avait voulu sortir seul et j'avais ramené les membres de la famille au Hilton. Mon job touchait à sa fin, c'étaient les derniers jours. On a tambouriné à la porte. J'avais bu quelques bières devant la télé avant de sombrer, je ne m'attendais pas à ce qu'on vienne me chercher. Quand j'ai ouvert, un des gardes du corps du prince se tenait derrière la porte. J'étais en slip, je me sentais con. Mustapha m'a dit de m'habiller en vitesse, *Quick! Quick!* C'est ce que j'ai fait, j'ai mis mon costume de chauffeur, une chemise propre. Il m'a attendu dans le couloir, je l'ai suivi jusque dans la suite de l'Émir.

« Deux autres membres de la sécurité se tenaient dans le vestibule. Assise dans un fauteuil, une fille dans une robe rouge moulante, le genre escorte, attendait, l'air hagard, les cheveux en bataille et le maquillage qui avait coulé. Son regard semblait incapable de se fixer sur quoi que ce soit. Mustapha m'a fait entrer dans le salon. Il y avait là l'Émir et son fils, ainsi qu'un homme en costume clair, un avocat aux longs cheveux grisonnants, je l'ai reconnu car il avait fait la une des journaux à cause du scandale des *Panama Papers*. Mustapha nous a laissés et a refermé la porte derrière lui.

« L'Émir m'a salué, son ventre débordait de la gandoura

cousue de fils d'or. Il adressait des phrases brèves à son interprète qui traduisait en anglais. Le prince portait un jogging Adidas, les cheveux encore humides d'avoir pris une douche. Son regard était fuyant. Le seul qui parlait français était l'avocat. Il m'a expliqué la situation sans tourner autour du pot : ivre, le prince avait renversé une cycliste, la laissant pour morte avant de prendre la fuite. Un témoin avait vu la Lamborghini jaune et sa plaque particulière ; la police avait déjà appelé l'hôtel, cherchant à joindre l'Émir. Un inspecteur de la brigade routière avait été dépêché sur place et attendait l'autorisation du procureur, réveillé en urgence lui aussi, pour un mandat d'arrêt. L'avocat a parlé d'incident diplomatique, d'exfiltration du prince, mais surtout d'un million de francs suisses en dédommagement si j'endossais la responsabilité de l'accident. L'argent serait viré dans les 24 heures sur un compte *offshore* à mon nom dans une banque des Bahamas. Maître Rolland s'occuperait lui-même de ma défense, tous les frais de justice seraient assurés par l'Émir, bien évidemment. D'après lui, je prendrais deux à trois ans dont un seul ferme. J'avais 49 ans, j'étais célibataire et sans enfant. Au seuil de la cinquantaine, je deviendrais millionnaire, je pourrais ensuite refaire ma vie où bon me semble. Au fond, il suffisait d'endosser la responsabilité de quelqu'un d'autre, ma conscience restait propre puisque j'étais innocent... Vous auriez fait quoi à ma place ?

— J'aurais demandé un demi-million de plus, a répondu Matt. C'est ce que vous avez fait, n'est-ce pas ? »

Bruno Bonvin a acquiescé.

« Et l'argent versé à la victime, c'est aussi votre idée ? intervient Ève.

— Non, c'est l'avocat.

— Il a dû penser que c'était une façon de s'amender, ajoute Matt. Ça ne doit pas être facile de défendre systématiquement des salopards... »

Ève prend une cigarette dans le paquet que Bruno a reposé sur la table. Matt ne dit rien, cette fois. Elle tousse, se racle la gorge, mais que c'est bon de fumer après toutes ces années. Elle n'apprécie pas le sarcasme de Matt sans pour autant lui en vouloir. Le sentiment d'injustice vous donne une sorte de droit de regard sur les quotes-parts mesquines de l'existence. Elle entend vaguement Matt poser d'autres questions à l'homme. Il le taraude sur sa honte, le tourmente sur sa dignité, sur ce qu'on peut ou non acheter dans la vie, si *tout* peut être acheté et comment on se sent ensuite quand on a vendu son âme au diable...

Ève se dirige vers la porte, ça fait longtemps que ses jambes ne l'ont plus portée ainsi, qu'elles vont là où elles veulent sans devoir les forcer ni les obliger. Elle se retrouve sur la coursive du mayen, puis sous les étoiles. Un vent chaud s'est levé – le foehn. Elle se met à courir, du moins, c'est ce qu'elle croit, trébuche, tombe à genoux, ses jambes n'ont pas repoussé. Elle cherche à pleurer de soulagement, mais rien ne vient. Tout est sec et aride. L'aveu n'a résolu ni apaisé quoi que ce soit.

Elle se relève, continue son chemin, laissant le récit de cette nuit se détacher d'elle avec ce qu'étaient ces hommes. Même pas surprise, au fond, d'avoir appris leur arrangement afin de trouver une histoire qui tienne debout, une histoire à laquelle tout le monde avait envie de croire – police, politiciens, parties en présence – afin d'éviter l'incident diplomatique. Ève a une pensée pour cette fille qui a voulu la sauver, la putain au grand cœur, en tout cas davantage que ce prince, petit spécimen coupable et sans courage.

Elle descend la pente, empruntant le sentier en sens inverse jusqu'à atteindre la Subaru. Elle ouvre le break, extrait sa monopalme du sac de sport. Elle se dirige en bordure du lac, repère une petite plage de gros sable, se déshabille, entièrement nue, enfile sa gangue de plastique noir dont elle referme les lanières sur ses jambes tronquées. Elle rampe jusqu'au rivage, se laisse glisser dans l'eau froide, inspire au moment où le cœur se bloque et lui fait manquer d'air. C'est un lac de retenue et d'éboulements, qui passe pour maudit au pied des Diablerets, la baignade y est interdite. Mais Ève est une vouivre, une créature, elle peut pénétrer toutes les eaux du monde.

Les bras se délient au-dessus de sa tête, elle nage sur le dos, visage tourné vers les étoiles. Elle ne sent plus le froid, l'air tiède effleurant ses seins hors de l'eau. Elle ondule, regarde la Voie lactée. Un météore brûle dans le ciel noir, et c'est le moment de faire un vœu.

Elle ferme les yeux.

Les rouvre.

Voilà, c'est fait.

Et, depuis la berge, et de sa vie, Matt Mauser jurera n'avoir jamais entendu pareille voix faire écho dans l'eau calme et peu profonde.

Elle chante, Ève.

Et, à partir de cet instant précis, Matt n'est plus tout à fait un homme, mais quelque chose de plus : un homme assis au bord d'un lac écoutant le chant d'une sirène.

Parce qu'une sirène chante pour celui qui écoute.

Chante dans son espace le plus intime.
Et ça, dans une vie, c'est quelque chose.
Même si cela doit vous maudire.
Every time we say good bye
I die a little...

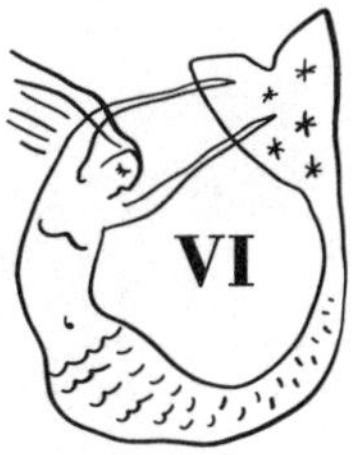

30° 35' Nord
132° 00' Ouest

12

Un instant. On n'y est pas encore dans le Pacifique nord.

Pour l'heure, Ève se prélasse dans le jacuzzi extérieur de l'hôtel Chetzeron, à Crans-Montana. Avec son haut de maillot, elle porte un pantalon de bain en lycra rose, des chaussures d'eau de même couleur, et le tour est joué pour jouer à la touriste au milieu des touristes. Mais le verbe « se prélasser » ne convient pas exactement. Il y a toujours une tension chez elle, une crispation du corps, une infime douleur qui se manifeste : un élancement, une pointe. Une algie quelconque. Ou alors une préoccupation, une anxiété. Une peine bien précise. Elle expire, tente de se relaxer, ouvre les yeux et contemple la chaîne des Alpes.

Elle est à nouveau seule au milieu des gens, ce qu'elle souhaitait. Pourtant, on la regarde de biais, on la scrute.

Elle ne peut pas tout à fait passer inaperçue. C'est vrai que le rose n'aide pas, mais c'est tout ce qu'elle a trouvé au Décathlon de Conthey.

Matt est reparti pour sa vie de filatures et de malbouffe. Matt dont la présence a fini par l'encombrer, elle aussi.

Ève a décidé de passer quelque temps – elle ne sait pas combien donc c'est du « temps » – dans ce lieu hors du monde où les clients sont déposés en 4x4. Un hôtel qui est un bloc de granit se fondant dans le décor d'une nature minérale, perché à 2 112 mètres d'altitude au-dessus des derniers mélèzes. Le lieu idéal pour lire Thomas Mann et *La Montagne magique*, ce qu'elle ne fera pas. On peut tout à fait mourir sans avoir jamais lu certains livres.

Ève passe de longues heures à ne rien faire – *qu'est-ce que je peux faire ? Je sais pas quoi faire.* Elle use de la répétition et de la scansion proposées par les repas, les bains à remous, et du sommeil comme d'une fuite ou d'une convalescence. Elle connaît à présent le nom de celui qui l'a mortifiée, le ressasse jusqu'à l'obsession. Sur internet, elle a pu lui donner un visage, apprendre de rares éléments biographiques à son sujet. Mais tout ça reste très lointain, une hypothèse. Elle éprouve une sorte de contrecoup, comme chaque fois qu'on a trop attendu une chose et qu'on finit par l'obtenir.

Sa vengeance a enfin trouvé son but.

Oui, mais :

Comment l'approcher ?

Comment le connaître ?

Comment le tuer ?

La plupart des gens ne savent pas ce qu'ils veulent. Si toi tu le sais, tu as des chances de l'obtenir.

La plupart des gens n'ont pas une vision d'ensemble des choses. Si toi tu l'as, tu obtiendras ce que tu veux.

L'Évangile selon Saint-Matt.

Oui, mais il faut de la chance aussi.

Et tu peux compter dessus, Ève.

Elle t'est redevable.

La chance a un sacré déficit à ton endroit.

Ce n'est pas encore tout à fait le dernier acte, mais tu t'en approches. Tout ça, cette histoire, sa construction, est une ellipse. On part de très loin, et puis on converge inexorablement vers le centre. Et si on se dit que c'est dérisoire, alors vaut mieux en finir tout de suite. Il y a plein de trains sous lesquels on peut se jeter.

Or, donc.

Dans la nuit insomniaque, Ève est interpellée par sa messagerie électronique : Jay lui a envoyé un message personnel – et non sous forme d'un faire-part adressé à une liste en *Cci*. Il lui annonce la naissance de Noah et de Nathan. Une photo montre William et Jay tenant chacun un bébé dans les bras. Le premier apparaît réjoui, le second plus inquiet. La satisfaction de Jay ne semble pas s'épanouir tout à fait malgré le sourire sur son visage. Cette fameuse chose tant, trop désirée, n'est-ce pas ? Jay complète son courriel en lui demandant de le rappeler au plus vite, il a un travail à lui proposer.

Il est 3 heures du matin en Suisse, 18 heures à Point Lookout.

Ève prend son téléphone.

Le mouvement reprend.

13

Retour à Zürich, départ du vol Swiss à 13:05, arrivée à Los Angeles à 16:15 du jour suivant qui, en réalité, sera pour elle le même jour.

Taxi, train, avion.

La marche à pied n'est pas son fort.

ZHR-LAX : approximativement 12 heures 10 minutes de vol. Remonter le cours du Temps. Envisager de continuer le mouvement perpétuel à contre-courant de la rotation terrestre sans jamais pour autant revenir à son point de départ. Alors, c'est quoi, la relativité ? Ça mène à quoi tous ces calculs si c'est pour mourir quand même ? Ève est bousculée ; aucun être humain n'est fait pour ces vitesses qui nous font traverser les fuseaux horaires dans des cabines pressurisées. En regardant défiler hôtesses et stewards, Ève imagine leurs corps et leurs esprits se détraquer au fil de décalages inconcevables, ceux qu'elle s'impose à elle-même comme un lent suicide ; mais on sait qu'elle ne vivra pas au-delà de l'âge symbolique de 33 ans – Jésus-Christ, Marcel Cerdan, Eva Braun –, elle s'épuise, recherche le point de rupture. Malédiction de la surmodernité: excès d'espace, excès d'images, excès d'événements. Il y a parfois une jouissance secrète dans la fêlure que l'on creuse pour qu'elle devienne cratère.

Rohypnol. Oreiller de voyage. Boules Quies.

Fuir la nuit et retourner vers la lumière.

14

Jay l'attend dans le hall des arrivées, juste après le passage de la douane. Ça la réconforte et ça nous évite la description d'un nouveau personnage. On crée ainsi une sorte d'humanité factice, une petite communauté qui rassure, et c'est toute la (pauvre) famille d'Ève.

Cette fois-ci, tous deux se prennent dans les bras avec chaleur. Ils savent l'essentiel l'un de l'autre.

Jay pousse le chariot avec les bagages, en réglant son pas sur celui d'Ève. La foule des passagers en transit est une masse hostile. « D'ici ce soir on sera sur l'eau, loin de toute cette saloperie.

— Vous ne l'aimez pas trop, hein, le genre humain ?

— Vous verrez d'ici quelques jours de quoi il est capable.

— Jay ?

— Ouais ?

— Je le sais déjà. »

En attendant, dans cette partie du hall de l'aéroport transformée en centre commercial – tout, absolument tout, devient *centre commercial* : gares, stades, aéroports, stations-service, musées... –, Ève aperçoit un employé du fast-food déguisé en clown. Un dispositif de photomaton propose aux clients un souvenir en compagnie de Ronald McDonald. Sauf que personne ne s'arrête, même les enfants accompagnés de leur maman détournent le regard. Le clown, dos courbé, une épaule légèrement plus basse que l'autre, essuie une série de refus. Le manager le tance et lui dit de se montrer plus persuasif.

Malgré le visage grimé, Ève perçoit l'aura d'affliction dans laquelle l'homme se débat, une boue bien épaisse, un phylactère au-dessus de sa tête qui dirait : *Je préfère ne pas.*

Ève dévie de sa trajectoire, demande à l'employé si elle peut se prendre en photo avec lui. Il faut voir son sourire sur le cliché, et celui d'Ève, satisfaite d'elle-même. Peut-être quelqu'un possède-t-il cette photo, ou alors est-elle encore dans le disque dur de cette machine. Le plus probable est qu'il n'y en ait plus trace nulle part.

« Dites, Ève, l'interpelle Jay. Puisqu'on n'en est plus à une gaminerie près, montez voir sur le chariot. »

Les portes coulissantes s'ouvrent. Et, assise sur ses bagages, Ève la Sirène fait son entrée aux États-Unis d'Amérique sans jamais y poser les pieds.

*

C'est leur petit jeu, Jay l'a prise dans ses bras du chariot au siège de la Jeep Renegade. Il trouve ça bien qu'elle soit en transit, en suspens au-dessus d'un territoire ; qu'elle vole, qu'elle plane, la femme-poisson.

Une fois qu'il démarre et sort du parking, c'est l'habituelle ville-monde défilant derrière le pare-brise.

« Hélicoptère, bateau, voiture, planche de surf... Vous êtes l'homme qui m'a conduite avec le plus d'engins sur terre, fait Ève.

— Les bras, ça compte aussi ?

— Ça compte aussi. Vous aurez encore d'autres surprises ?

— Bien sûr ! »

L'habituelle ville-monde qui défile, oui, et qui a encore

envie de la regarder ? Ève détourne le regard, fixe Jay, son profil de statue grecque, ses cheveux longs de surfeur.

« Elles disent quoi, les vagues ici ? demande-t-elle.

— Pas grand-chose en ce qui me concerne. C'est toujours *America west coast* versus *Australia east coast*... Vous voyez le genre... Dès qu'ils apprennent que vous êtes un *Aussie*, c'est parti pour montrer qui pisse le plus loin... Et vu mon accent, je ne peux pas trop cacher d'où je viens...

— Et les jumeaux. Ils vous manquent ?

— Pas trop non. Je les prends dans mes bras et ils me sont étrangers. Vous pouvez comprendre ça ?

— Je peux deviner.

— Je pensais que ça éveillerait quelque chose en moi, mais que dalle.

— Et William ?

— William, lui, est à fond. Et c'est l'essentiel. D'un point de vue biologique, les gosses sont les siens. Ça a dû provoquer un déclic chez lui. On ne baise presque plus, d'ailleurs. En réalité, tout lui appartient. Même moi, je lui appartiens. Ça ne me pose pas de problème, c'est comme ça. Je suis comme un bel objet amoureux de son écrin.

— Et Lamaï ?

— Ça fait beaucoup de "et", Ève. Qu'est-ce qui vous arrive ?

— Je pense que je me détraque, que la parole me devient toujours plus difficile.

— Retour au stade poisson ?

— Évidemment. Je ne supporte plus de porter mon corps, il m'encombre. Alors, Lamaï ?

— Rien. Elle assure le service après-vente.

— Vous êtes dur, Jay.

— Elle les allaite, oui. Lamaï s'en occupe et s'occupe de

l'intendance. De toute manière, sa présence avec nous est encore contractuelle, alors oui, je suis dur. Vous n'imaginez même pas toutes les clauses, et le fric déboursé. C'est juste dément. Avoir un gosse est peut-être un des derniers trucs gratuits que peuvent faire un homme et une femme... »

San Sepulveda, puis Lincoln boulevard, jusqu'à Marina del Rey toute proche. Maisonnettes agglutinées, palmiers au vent, bâtiments et hôtels sur le front de mer... Du béton sous la lumière d'un après-midi finissant, souvenirs en Kodachrome signés Stephen Shore. Jay pénètre dans l'enceinte du port où s'alignent des centaines de bateaux. Claquement des drisses métalliques contre les mâts, cris des cormorans et fond sonore d'un perpétuel trafic dans le lointain.

« Quand est-ce qu'on arrive, Jay ?

— Très vite, on y est quasiment. Vous en avez déjà marre ?

— Si vous saviez combien. »

La Jeep s'engage sur le Marina Harbor avant de rejoindre le dernier *pier* du Bora Bora Way, celui donnant accès au bassin A. On pourrait en rajouter dans la description, mais en réalité, comme Jay, on prend des raccourcis pour toucher plus vite au but. C'est la fatigue et l'usure. Le fait d'avoir toujours cherché à donner le maximum dans la précision et l'originalité du point de vue, alors que la paresse et l'imposture deviennent la norme. Par conséquent, Ève abdique, se referme sur elle-même en attendant ce jour où elle pourra dire qui elle est, et non plus à qui elle ressemble.

Jay se gare devant un catamaran de dernière génération, panneaux solaires, motorisation électrique en hydrogénération et décarbonée, mais on ne verrait pas Jay naviguer autrement.

L'Australien contourne la Jeep, ouvre la portière et prend Ève dans ses bras pour l'emmener sur le *Nathan & Noah*. Blanc, immaculé, construit en fibre de basalte et PET. Un vrai bijou de confort et de technologie écoresponsable. Jay dépose Ève sur une des méridiennes près du cockpit.

« Pour ce qui est des moyens de locomotion, on peut y ajouter le voilier. Après ça, il ne me reste plus que le quad, et j'aurai épuisé toutes mes ressources ! C'est moi votre seul et unique skipper.

— On ne sera que tous les deux ?

— Pilotage automatique, vous m'aiderez pour les quarts. Comptez trois à cinq jours en mer jusqu'à notre destination et personne pour nous emmerder.

— Et si vous tombez à l'eau ?

— Vous appelez le standard et on vient vous chercher... Dites, je croyais que vous étiez une sirène ?

— Une sirène d'aquarium, Jay. »

Les deux se sourient.

« Je vais chercher vos bagages et puis je ramène la voiture à la location. Départ, disons, dans deux heures. OK pour vous ?

— Je peux faire quelque chose ?

— Rien. Nourriture, eau. Tout est paré.

— C'est un peu comme une lune de miel, alors ?

— Ouais, mais il y a erreur de casting. »

C'est qu'elle persiste à poser des questions bêtes aux hommes, Ève, alors qu'il ne faudrait jamais rien leur demander.

*

Debout derrière son timon, Jay sort lentement de la Marina, propulsé par les moteurs électriques du catamaran. Ève est assise à côté de lui. Le trafic maritime est dense. Depuis la terre ferme, on n'imagine pas combien de gens possèdent un bateau, combien de gens sont riches au point de pouvoir posséder un bateau. Jay passe par le North Jetty Light, contourne la digue et actionne la grande voile et le code 0 grâce aux winchs électriques. Par la lucarne en Plexiglas du cockpit, Ève observe les voiles se hisser automatiquement avant de se gonfler doucement. Jay oriente le bateau en fonction des données fournies par l'écran de contrôle, stabilise la navigation à six nœuds. C'est le début de la haute mer, il croise à tribord un chalutier en route pour San Pedro entraînant une myriade de goélands dans son sillage. La longue plainte de sa corne de brume leur souhaite bon vent. Jay répond par deux coups brefs.

« Ça va forcir dans quelques miles et avec la tombée de la nuit, mais là, on est tranquilles pour un apéro sur le deck. Bière ? Mojito ? Chardonnay ?

— Une bière, ça ira. »

Les deux s'assoient sur le pont avant, face au soleil qui maintenant frise l'océan et déploie ses codes Pantone du 177C au 187C, les couleurs vives s'étirant dans les nuances de bleus précédant l'obscurité. La lumière scintille sur l'eau, les lunettes de soleil atténuent la beauté de l'instant, qui sinon serait inregardable. Jay allume une cigarette, Ève en veut une, elle aussi. Elle commence à s'en ficher de sa capacité pulmonaire, elle sait qu'elle a encore de la marge.

« On s'arrêtera à 220 nautiques au nord d'Hawaï, notre destination. Dans l'immédiat, on descend légèrement au sud chercher les alizés. On prendra une vitesse de croisière entre dix et douze nœuds. D'ici là, il n'y a rien d'autre à faire que de se laisser porter par le vent. Ça ira ? Vous pouvez encore changer d'avis et je vous ramène... »

Ève ajuste une mèche échappée de son bonnet – elle en profite pour chasser, avec ce même geste, cette proposition saugrenue de revenir à leur point de départ.

« Qui a eu l'idée de m'appeler ?

— William. Enfin, disons qu'on lui a proposé le projet et qu'il m'est apparu évident que c'était vous qu'on devait filmer. Pour un spot écologique, ça ne laissera personne indifférent, j'en suis convaincu. Poétique et symbolique. Il faut toujours du glamour, quel que soit le message politique, le *soft power* passe par la séduction. C'est ce que j'ai appris dans la grande école que j'ai fréquentée...

— Vraiment ? Vous y croyez, vous, au glamour et à tout ce cirque ?

— Non, ça ne changera pas grand-chose, mais ce sera très beau. Et au fond, c'est peut-être tout ce qui importe : trouver des restes de beauté au milieu de l'effondrement. »

La nuit tombe. Jay et Ève enfilent un pull, passent au rhum, un Diplomatico qui fait comme un coussin de soie sur la langue. Le skipper prépare des toasts aux anchois, une salade de tomates, épluche deux mangues. Repas frugal.

Le catamaran a trouvé sa vitesse de croisière. Depuis le poste de veille, Jay branche le bateau sur le pilote automatique.

À partir de là, on va faire comme eux, se laisser aller à des images, une synthèse des meilleurs moments de leur traversée. Un point de vue cinématographique en *jump cut*, et c'est facile, on porte tous le cinéma en nous, sur notre écran intérieur.

Int. Nuit. Ève et Jay parlent jusqu'à l'aube dans le cockpit.

Int. Jour. Jay et Ève jouent aux échecs, leurs peaux sont luisantes de sueur.

Ext. Nuit. Jay et Ève hurlent à la lune après avoir fumé un gros pétard.

Ext. Jour. Ève et Jay font la sieste sur le pont arrière, bercés par la houle et le vent chaud.

Ext. Jour. Le catamaran est à l'ancre. Jay et Ève ont ôté leurs habits et sautent nus dans l'océan, Ève et ses moignons tout mignons dans les bras de Jay.

Ext. Jour. Avec un système de cordes, Jay a fixé Ève sur l'une des deux proues : Ève joue à la sirène des bateaux, elle se prend les vagues, boit la tasse et rit comme une folle.

Int. Nuit. Ève rêvasse. Son cœur triste et supplicié bave à la poupe. Elle pleure.

Int. Nuit. Jay écrit le compte rendu de la journée dans son carnet de bord, lève la tête et sourit à Ève qui le regarde.

Ext. Jour. Ève a chaussé sa monopalme et s'amuse à nager avec un banc de dauphins, Jay n'a gardé que le code 0 pour réduire sa vitesse et ne pas la perdre de vue.

Int. Nuit. Jay s'engueule au téléphone GSM avec William.

Ext. Jour. Jay a hissé aussi le gennaker, le *Nathan & Noah* est toutes voiles dehors, il s'agit de récupérer le retard accumulé (d'où la dispute avec William au téléphone, chaque jour coûte tant d'argent).

Ext. Jour. Ève et Jay, chacun assis sur une des proues du catamaran, se prennent en photo en guise de souvenir.

Ext. Nuit. (La dernière) Ève et Jay dansent sous les étoiles, Ève un peu statique sur ses prothèses se tient à une drisse ou à la bôme ou à n'importe quoi d'autre pour ne pas tomber. Elle bouge peu, mais elle danse, ça se voit aux mouvements de ses bras, de ses hanches, de sa tête. Jay, lui, se déchaîne, fait des bonds sur les riffs de guitare diffusés par les enceintes du bateau.

Et puisqu'il faut bien terminer ce voyage qui a été parfaitement rond comme le cercle de Giotto dessiné à main levée – c'est-à-dire une forme possible de la perfection –, Ève demande :

« Voudrais-tu mourir avec moi, Jay ? »

Jay répond :

« Pourquoi pas, mais dans longtemps, Ève. »

15

Depuis sa cabine, Ève entend une sorte de raclement se mêlant au clapotis de l'eau. Le mouvement du catamaran a perdu de son amplitude, on dirait que quelque chose le freine. Le tangage s'est amoindri. Elle n'a pas occulté les fenêtres rectangulaires (sur un voilier à un million de dollars, il n'y a pas de hublots, mais des *fenêtres*) – ayant dormi avec un masque de nuit qu'elle retire à présent. Ève frotte ses yeux éblouis par la lumière vive, constate que la houle est devenue une masse gélatineuse, compacte et multicolore. Elle le savait, pourtant, Jay l'avait prévenue ; mais ce qu'elle voit est la seconde pire chose de sa vie, après ce jour où elle a retiré le drap et découvert ses jambes amputées dans son lit d'hôpital.

Elle reste ainsi à genoux sur sa couchette, incapable de bouger, hypnotisée par la laideur, le gâchis et la monstruosité de ce qui s'offre à son regard : déchets de plastique s'étalant à perte de vue, terre mouvante et hideuse, un dépotoir mondial, la lie de la planète.

Ève rejoint Jay dans son cockpit. Il a préparé un thermos de café chaud, elle s'en verse dans une tasse en métal. Jay la regarde, elle a de la peine à y croire, mais il pleure, son visage est inondé de larmes. Il barre comme à son habitude, mais tout autour, la surface de l'océan est une peau qu'on agite, gorgée de cellulite et saturée de matières grasses.

Il y a le ciel, le soleil, mais on a ôté la mer.

Jay passe le revers d'une main sous son nez, se ressaisit : « Il y a cinq endroits comme celui-ci sur l'ensemble des océans du globe. Au total, ce sont 300 millions de tonnes de plastique pris dans des gyres, d'énormes tourbillons océaniques où convergent les courants marins. Ce que tu vois est une toute petite partie visible, celle qui nous permettra de faire des images choc... Le reste est essentiellement constitué d'une myriade de fragments, des microplastiques d'un diamètre inférieur à 5 millimètres en suspension jusqu'à 30 mètres de profondeur... Même à 11 000 mètres, trois quarts des poissons et spécimens marins en contiennent. Le tout est réintroduit dans le cycle naturel de l'eau, on ingurgite 5 grammes de plastique par semaine, l'équivalent d'une carte bancaire... Ouais, je sais, je suis un moulin à paroles, mais c'est un peu le sujet qui veut ça... »

Ève a écouté, elle se tait. C'est qu'il y a tellement de bruit alors qu'il faudrait du silence, canaliser l'émotion, mettre du froid sur du chaud, poser une compresse fraîche sur la folie du monde.

Ève prend les jumelles, observe au loin, constate l'étendue du continent de plastique et aperçoit des bateaux au mouillage.

« Tu en vois combien ? demande Jay.

— Trois.

— Bien. Ils sont tous là. Vas-y, sonne la corne de brume. »

Le *Nathan & Noah* ponctue son arrivée d'un lamento lugubre. L'*Ocean Clean up*, le *Plastic Odyssey* et le *Manta* lui répondent à l'unisson, on fait comme si, on est soulagés pour les collègues qui ont fait bonne route, mais le cœur n'y est pas vraiment. Flottant à la surface de toute cette merde colorée, le moment est tout de même émouvant parce que dérisoire, et il n'y a que nous pour le voir. C'est con, hein ? Mais, dans sa tête, ça continue de lui faire mal, à Ève, d'être au milieu de cette abomination. C'est comme si la laideur ne suffisait jamais, comme si le malheur et la bêtise étaient notre lot et qu'ils se répétaient *ad vitam aeternam*, et comme si elle, Ève, était une mouche frappant contre une vitre sale derrière laquelle la vie se perpétuait dans l'indifférence et l'égoïsme. Ce qui n'est pas vu n'existe pas, et ça continue.

Et ça continue.

*

Dernier arrivé, le *Nathan & Noah* jette l'ancre et s'amarre en rafting avec l'*Ocean Clean up*, lui-même relié aux autres embarcations par ordre de grandeur et par tonnage, leurs coques protégées par des pare-battages de différentes tailles.

Un hydroglisseur est mis à l'eau depuis le *Plastic Odyssey*. Dans son vrombissement de guêpe, il contourne cette drôle d'île flottante, pour venir chercher Ève et Jay. Un rouquin barbu prénommé Mike leur serre chaleureusement la main, les aide à s'asseoir sur la banquette et redémarre aussitôt. Durant le court trajet, Mike leur explique que l'hydroglisseur est le seul moyen motorisé permettant de se déplacer sur les déchets, une hélice s'emmêlerait dans les fibres synthétiques ou les morceaux de filets.

L'embarcation à fond plat s'arrime au flanc du vieux chalutier recyclé en bateau d'observation et de recherche. Ève et Jay saluent de loin les membres des équipages arpentant les autres embarcations. Voyant dérouler une échelle de corde depuis le pont, Ève sait déjà qu'elle n'y arrivera pas. C'est tout le temps qu'elle aurait envie d'être comme les autres, mais là, précisément, l'outrage est à hauteur de cinq bons mètres. Jay comprend aussitôt et grimpe le premier. Mike dit à Ève d'y aller à son tour, il lui tiendra l'échelle, mais elle ne bouge pas. Tout ça prête à confusion, c'est inévitable, les secrets rendent la vie plus compliquée. Depuis le pont, Jay envoie à Ève deux cordages destinés à l'amarrage. « Enfile tes bras dans les boucles ! » Ève s'exécute, empoigne le chanvre épais dans chaque main.

« Go, Jay ! »

Il est aidé par un marin venu à la rescousse, les deux hommes la hissent à la force de leurs bras. Il ne faudrait pas oublier tout ce dont les hommes sont aussi capables dans le bien.

Jay la réceptionne sur le pont, lui adresse un clin d'œil : « Je me suis dit que le transport par cordes, on ne l'avait pas encore fait...

— Et si tu devenais mon Triton, Jay ? »

Le marin aux côtés de son ami est en réalité le capitaine du *Plastic Odyssey*. La quarantaine, il se présente : « Mathieu Roset. Bienvenue à bord, mademoiselle. Vous parlez bien le français, n'est-ce pas ? Vous êtes suisse, je crois ?

— Une vraie sirène lacustre, oui.

— Navré pour l'échelle, il n'y a pas d'autres moyens de monter à bord vu la situation.

— C'est moi qui suis désolée, capitaine. »

Mathieu les invite à le suivre jusqu'au mess où les attendent huit hommes et six femmes : skippers, réalisateur, cheffe-opératrice, scaphandriers, producteur, médecin et autres collaborateurs cinématographiques et scientifiques. Le capitaine fait les présentations, Ève ne retient presque aucun prénom, salue ces visages graves, leurs expressions empruntées, leurs regards qui la scrutent avec une curiosité mêlée de dédain : qui peut bien être cette femme se prenant pour une sirène ?

On s'assied autour d'une grande table carrée rivée au sol. On entre d'emblée dans le vif du sujet, il n'y a pas de temps à perdre. Le capitaine annonce une perturbation d'ici 48 à 56 heures maximum, les bateaux ne pourront pas rester ainsi amarrés.

Ève écoute attentivement le plan de tournage détaillé par Manfred, le producteur exécutif allemand et son réalisateur, Thomas ; les consignes d'Ingrid, la cheffe-opératrice et de son assistant catalan, Joaquin. Le docteur Patterson, un Anglais, intervient à son tour, lui parle de désinfection à la sortie de l'eau, d'éviter surtout de boire la tasse... Il la rassure en lui disant qu'un protocole spécifique a été mis en place pour préserver sa santé et la mettre à l'abri de tout agent pathogène. « C'est une vraie saloperie là-dessous, insiste le docteur. Un peu comme se baigner dans la Seine ou la Tamise, plaisante-t-il.

— Nous avons à bord tout ce qu'il faut, même un kärcher, n'ayez aucune crainte, plaisante le capitaine. Je vous laisserai discuter avec mes deux plongeurs, Kevin et Johan, pour ce qui est des consignes de sécurité... »

Ève pose quelques questions, surtout d'ordre technique, ce qu'elle doit faire et comment ils veulent qu'elle le fasse. Pour le reste, elle est sereine. Nager dans cette soupe de plastique ne la taraude pas plus que ça. Elle devrait pourtant, mais elle ne s'explique pas pourquoi elle ressent cette sorte de détachement qui l'éloigne d'elle-même, comme si elle avait appris à accueillir la mort alors que la vie est partout, la vie à tout prix, tortues et mammifères marins prêts à avaler du microplastique pourvu qu'ils puissent survivre, se reproduire et perpétuer l'espèce.

Manfred propose de commencer d'ici un « couple » d'heures.

Ève répond oui, ça lui va.

Pas du tout chiante, la sirène.

*

Quand on voit cette marée de plastique en photo, on ne songe pas à l'odeur. Et pourtant, ça macère, ça suinte au soleil, ça donne – selon les composants – des dégradations longues, certes, mais pas forcément homogènes dans le temps. On a beau être en plein air, les matières se mélangent à des algues, à de minuscules coquillages, dégagent d'étonnants relents chimiques ; des putréfactions insolites qui, on le sait, sont très difficiles à décrire en littérature, d'autant plus quand il s'agit de l'altération d'objets aussi saugrenus qu'un flacon de Woolite, un emballage de Snickers ou une plaque de polystyrène ayant protégé l'écran d'un home-cinéma Samsung...

C'est donc bien pour ça qu'on a fait appel à Ève la Sirène : pour nager dans l'eau bleu opale au milieu de la déchetterie océane. Enduite d'une pellicule de paraffine afin d'isoler sa peau, les yeux munis de lentilles protectrices, elle ondule en contre-plongée sous la couche de déchets, ce qui est de toute beauté, Jay avait raison : la grâce au milieu du désastre, le mouvement hypnotique de la queue dans l'apparent silence, saturé de couleurs, parfois bousculé par l'écho d'une orque. La lumière filtre depuis la surface, brouillée par l'entrechoquement d'un berlingot thermocollé de gaspacho andalou et le contenant d'un café bio Malongo. Ingrid, la cheffe-op' n'arrête pas de lui faire des signes en « o » avec le pouce et l'index lui signifiant ainsi combien c'est nickel, *very good und wunderbar,* ce qu'elle perçoit à l'image de son combo *waterproof.* À travers les larges masques de plongée, on devine les sourires des scaphandriers, le sentiment gratifiant du travail bien fait.

Parfois, Ève se demande si l'emballage de tel produit – prenons au hasard un Twix ou une bouteille d'Évian (Êvian, ah ! ah !) – ne serait pas celui qu'elle aurait elle-même jeté il y a quelques mois – improbable épopée depuis un trottoir, un caniveau, une rivière, un lac, un fleuve, et une mer quelconque jusqu'au Pacifique nord. Conséquence visible de nos actes, de nos inadvertances. Et pourtant, l'improbable advient, la preuve : c'est arrivé et ça arrive encore.

Alors, Ève remonte à la surface, émerge à la façon d'un crocodile d'un grand coup de queue dans une éclaboussure arc-en-ciel, une gerbe mousseuse jusqu'au nombril. Le chef-op' catalan de la seconde caméra dit « Cut ! ». Ingrid remonte à son tour, ôte son masque et son tuyau de la bouche et annonce que c'est tout pour aujourd'hui, *das ist so schön !*

*

C'est sous la douche du *Plastic Odyssey* que lui vient l'idée, que germe la pensée néfaste : approcher la mort encore une fois, volontairement. Juste un bisou papillon sur la joue, lui tourner autour, l'invoquer afin qu'elle se manifeste pour le grand final, celui qu'on attend tous.

Demain, faire bouger les lignes, Êve a trop attendu.

Tout à l'heure, elle déclinera le dîner avec le reste de l'équipe, se fera ramener au catamaran par Mike. Elle fumera une cigarette, boira deux bières en mangeant des crackers et des sardines. Elle entendra les rires et la musique s'échappant des baffles sur le pont principal du *Plastic Odyssey* – l'instinct de survie passe par une bonne cuite et la danse – elle fermera les rideaux lorsqu'elle se couchera dans sa cabine et se bouchera les oreilles. Elle n'entendra pas Jay rentrer tard après avoir trompé William avec le capitaine Mathieu Roset.

Parfois, les corps sont interchangeables, les noms et prénoms jamais.

16

La capsule vidéo de sensibilisation écologique à la lutte contre la pollution plastique durera à peine plus d'une minute trente. Entre les images choc des polluants envahissant les mers et celles d'une sirène perdue sous les tonnes de déchets, une voix off rappellera les bons gestes à adopter ainsi que les nécessaires mobilisations gouvernementales à l'échelle de la planète. Avec l'image de la sirène, on compte toucher les enfants, surtout lorsqu'elle finira par se laisser couler et mourir par étouffement. Ce sont les dernières images qu'on filme, d'ailleurs. Et après quatre prises dont la dernière est validée, le réalisateur demande tout de même d'en faire une dernière afin de la doubler.

Accrochée au rebord du bateau dans sa combinaison sous-marine, c'est ce qu'Ingrid explique à Ève durant la courte pause où, assise dans l'hydroglisseur, elle boit à une gourde au symbole du WWF. Pas de problème, elle veut juste s'assurer que la prise précédente était bonne, ce que lui confirme l'Allemande.

Ève fait une nouvelle fois ses exercices de respiration, prolonge ses apnées et, lorsqu'elle entend « moteur », qu'on lui crie « Ça tourne ! », elle inspire plusieurs litres d'oxygène et se glisse dans l'eau.

Elle descend, Ève, dépasse une des deux caméras qui la filme en plan rapproché tandis que la seconde la reprend depuis le haut. C'est ce point de vue là qu'il faut adopter, celui d'Ève et de sa queue colorée disparaissant progressivement dans les profondeurs de l'eau bleue. Lorsqu'on la perd de vue, Ingrid dit « *Cut !* » (toujours ce ton péremptoire, mais c'est le cinéma qui veut ça), Ève l'entend parfaitement dans son oreillette, pourtant elle continue de s'enfoncer dans les abysses (*Cut ! Cut ! Cut ! Gottverdammt !*). Ève arrache son micro HF qui coule bien plus vite qu'elle, sa contribution directe à la pollution des mers, chaque coup de queue la fait progresser d'un mètre ou deux, elle pince son nez, souffle, ajuste régulièrement la pression dans ses oreilles et dans son corps, l'eau est froide maintenant, sombre, elle n'est plus son amie, ses coups de queue faiblissent, elle s'efforce de garder son rythme qui ralentit inexorablement, toucher le fond des mers comme elle a touché le fond de son âme, s'efforcer de toutes ses forces, mais c'est plus grand qu'elle, elle aura essayé au moins, sa conscience s'efface doucement, elle ressent d'abord comme une violence, l'envie de respirer, de boire l'air, elle n'en fait rien, elle bloque, garde, préserve le peu d'oxygène qui lui reste, un sentiment d'euphorie l'enveloppe alors que rien ne l'accueille, que là en bas, c'est le froid, la nuit, la mort, là où des espèces vivent pourtant, sans yeux ni lumière, sans rien, Ève insiste, demande l'impossible à ses cuisses devenues dures, raides, gorgées de toxines et d'acide lactique, des cuisses de morte… Et c'est alors qu'elle décroche et que sa conscience s'éteint.

On respire, et puis on ne respire plus.

*

Bien sûr, elle est toujours vivante. Son moment n'est pas venu, il y a encore des choses à raconter, sa ligne de vie, son destin. Elle s'accroche, elle y tient.

C'est Johan qui est venu la chercher, il faut louer son courage et sa condition physique, son collègue n'y serait pas arrivé.

Ève ouvre les yeux sur le plafond de la cabine faisant office d'infirmerie sur le *Plastic Odyssey*.

Elle tourne la tête, nauséeuse. Une aiguille plantée dans la saignée du coude la relie à un tuyau et une poche transparente dont le contenu s'écoule, goutte à goutte.

Le docteur Patterson arrive à son chevet, lui demande si elle peut parler, elle répond que oui.

« Comment vous sentez-vous ?

— Ça va, mais j'ai très soif… répond Ève sous son masque à oxygène.

— Plus tard, il faut attendre encore un peu, je vous ai fait un lavage d'estomac. Et dire que je vous mettais en garde de ne pas boire la tasse... Vous avez fait une syncope hypoxique avec œdème pulmonaire. Un hydravion arrive dans moins d'une heure de Hawaï. Une fois à l'hôpital, on vous prendra en charge et on jugera s'il est necessaire de vous placer en caisson hyperbare. Vous allez vous en sortir. »

Ève regarde le médecin d'un air absent, elle écoute pourtant. On dirait que ses yeux sont devenus plus grands, des yeux de personnage de manga.

« Je... je n'ai jamais vu ça, continue le médecin. Je veux dire... J'ignorais tout de vos blessures... Votre corps est... recomposé...

— Vous savez qui je suis, maintenant.

— Oui, peut-être... En tout cas, vous n'êtes pas une sirène. Vous savez ce qui vous est arrivé ? Vous pouvez l'expliquer ? »

Évidemment, mais il ne comprendrait pas.

« Ce que je sais moi, en revanche, c'est que la nage, la plongée en apnée, tout ça c'est fini. Vous m'entendez, mademoiselle ? Fini.

— J'ai compris, Docteur. Ne vous tracassez pas...

— Bien, en attendant l'avion, je vais vous remettre le masque à oxygène.

— Docteur ?

— Oui ?

— Les images. Elles sont bien ? Ils sont contents ?

— On s'en fout un peu, vous ne croyez pas ? Mais oui, il semblerait que tout le monde soit satisfait.

— Alors, c'est bien. »

*

À l'aide d'un treuil, on fait descendre la civière sur l'hydroglisseur. Ève tourne un peu sur elle-même, le vent s'est levé, elle voit le ciel se couvrir.

Depuis les bateaux, une salve d'applaudissements retentit soudain, des mots d'encouragement exprimés dans différentes langues, un Babel de sollicitude. On a cru à l'ivresse des profondeurs, au malaise soudain et, aux yeux de tous, Ève apparaît comme une héroïne, une sorte de martyre de la bonne cause.

Jay la réceptionne, défait les sangles et fait signe à Mike que c'est bon, il peut y aller. Mike met doucement les gaz, un effleurement sur l'eau. Ève n'aime pas être à l'horizontale, limitée, attachée, personne n'aime ça. Le visage de Jay la rassure, son sourire doux, sa main caressant son front.

« Tes affaires sont déjà dans l'avion...

— La queue et les prothèses ?

— Tout y est, ne t'inquiète pas. Je m'en veux de t'avoir fait venir, je m'en veux terriblement...

— Non, Jay, j'ai adoré naviguer avec toi. Il ne faut jamais rien regretter. Des remords, à la limite. Mais pas de regrets. »

L'hydroglisseur arrive à la hauteur de l'hydravion. Juste avant qu'un médecin urgentiste et un infirmier prennent Ève en charge, elle attrape le bras de Jay :

« Tu ne m'emmènes pas en hydravion ?

— Cette fois, je dois renoncer. Au revoir, Ève.

— Adieu, Jay. »

L'hydroglisseur s'écarte de l'appareil. Les doubles hélices tournent d'abord lentement, prennent de la vitesse. La porte latérale se referme. Le pilote adresse un signe de pouce levé à Mike et Jay avant de s'éloigner lentement. Les moteurs montent en puissance, grondent, font soudain un boucan du diable. Autour de l'appareil, la masse de plastique s'anime sans pour autant se dissiper sous l'effet du vent.

L'hydravion prend de la vitesse sur les déchets, la piste la plus improbable qui soit. À l'intérieur de l'appareil, une sirène blessée.

Où naissent les hasards ? Pour quoi faire ?

Le monde entier est toujours là,
La vie pleine de choses surprenantes.

Dubaï

17

En huit semaines, la capsule vidéo de *Stop the ocean garbage* a été vue plus de 800 millions de fois sur internet ainsi que sur des chaînes de télévision publiques et privées. Nageant sous l'amas de détritus, dans une mise en scène poético-apocalyptique, Ève apparaît comme une sirène générique, elle n'a pas d'identité propre, mais certains se souviennent d'elle : l'équipe de l'aquarium de Paris et sa sirène titulaire, Émilie, ou encore Galia Smirnov et sa fille Xenia. Bref, très peu de gens ont pu mettre un nom sur son visage, et ça lui va très bien comme ça. Elle n'est l'égérie ni le symbole de rien du tout.

Une voix off, des chiffres et des phrases lapidaires accompagnent la mort lente de la sirène disparaissant dans les abysses.

Et pourtant.

Dans ces trajectoires qui tissent à notre insu les destins particuliers, dans ces ellipses du temps et de l'espace, dans ces fameuses coïncidences de réalités supposées parallèles, se trame l'élément déclencheur du dernier acte.

Au Zabeel Palace, la résidence officielle de l'Émir de Dubaï, un enfant âgé de cinq ans regarde la télévision. Il est environ 16 heures, fuseau horaire GMT+4, la température extérieure est de 33°, les rafales de vent estimées à 30 km/heure, aucun risque de pluie, indice UV 3 (modéré). Sur le grand divan de la salle de projection dédiée au home-cinéma, installation *Movie Palace Premium Curve* (« structure courbée plaçant le spectateur au cœur de l'action »), le garçon regarde Nemo sur Disney+. Ce jour-là, et c'est suffisamment rare pour le mentionner, son père est assis à ses côtés, et l'enfant est heureux d'avoir le bras paternel posé sur son épaule. Dans la fraîcheur de l'air conditionné, il se love contre lui, joue les chatons. Tous les deux grignotent du pop-corn dans des boîtes posées sur leurs genoux, boivent du thé glacé. À un certain moment, le film s'interrompt pour un intermède publicitaire et apparaît la capsule *Stop the ocean garbage* ; c'est bien vu, ça tombe à pic avec *Le Monde de Nemo*, les poissons, l'océan et tout ça – les nouvelles générations que l'on veut impliquer dès le plus jeune âge dans la sauvegarde de la planète, développer une sensibilisation menant à une conscience écologique. L'enfant est fasciné par ce qu'il voit, en oublie ses pop-corn. Mais ce n'est pas du tout le message écolo qui le magnétise et, à la fin de la capsule, alors que passe une publicité pour le futur projet *Disneyland Dubaï*, l'enfant se tourne vers son père et dit :

« Papa, je veux ça.

— Quoi donc, mon fils ?

— Je veux la dame dans la grande piscine. »

La « dame », c'est Ève. La « grande piscine », c'est l'aquarium de Dubaï. Le père réfléchit, il n'a pas besoin de faire trop de calculs, sa fortune est estimée à 22,3 milliards de dollars – il peut, disons à 95 %, accéder à tout ce qu'il désire sur la planète Terre. Cela dit, son esprit calculateur (d'homme d'affaires) et malin (de politicien), lui fait penser qu'il peut joindre l'utile à l'agréable ; que la requête naïve de son fils est une excellente idée de promotion, vraiment excellente. D'autant plus que son âme de peintre (à ses heures) ne reste pas insensible au charme de la femme-poisson.

« Tu voudrais voir nager la sirène dans l'aquarium ?

— Oui, papa.

— C'est d'accord, on va lui demander. »

Le garçon crie de joie, frappe dans ses mains, et puis oublie déjà son caprice, car le film reprend au moment où Nemo fait la rencontre de Dory.

« Lui demander » est un euphémisme. Il lui proposera une somme qui ne se refuse pas.

S'il savait.

Il n'aurait pas eu besoin de débourser autant d'argent.

Ève serait venue même gratuitement, aurait traversé le désert sur ses prothèses, mangé du sable et brûlé nue au soleil.

L'enfant est le prince héritier Rachid ben Butti ben Suhail.

L'Émir est le conducteur autrefois au volant d'une Lamborghini *Veneno*, Mohammed ben Butti ben Suhail.

L'enfant.

L'enfant est la réponse.

18

Question :

Qui es-tu, Êve ? Une passagère déterminée par sa destination ou une voyageuse traçant la route du hasard ?

On nous fait croire que le monde est devenu binaire, zéro et un, que le jeu est à somme nulle, que les bips d'un code-barres sont la voie du réel.

Mais il y a toujours une troisième voie.

Au minimum.

(Songer à la théorie des cordes).

Réponse :

Tu es un pèlerin qui cherche son chemin, Êve.

Cela peut paraître incongru en la voyant assise sur ce divan fonctionnel du lounge *business class* de Emirates Airways à l'aéroport d'Istanbul – escale forcée due à un problème technique de son avion. Elle et les 319 autres passagers ont-ils été sauvés juste avant la catastrophe ? Évidemment, on ne le saura jamais. L'avion est en révision depuis plus de trois heures. Les hôtesses d'accueil sont aux petits soins pour les passagers, on leur propose continuellement des boissons, de la nourriture, des serviettes humides pour se rafraîchir...

Il n'y a pas que les non-lieux, il y a aussi le non-temps.

Ève a malaxé entre le pouce et l'index ses bouchons en mousse afin de pouvoir les enfiler correctement dans ses conduits auditifs. J'insiste : elle ressent toujours une sorte d'émerveillement lorsque les sons s'atténuent progressivement, le silence prenant le pas sur le bruit, comme si le monde se dissolvait autour d'elle, pour se retrouver plus seule encore, avec le babil du sang pulsant dans son corps – kilomètres de réseaux veineux contenus sous la peau, les palpitations de son cœur apportant l'oxygène, évacuant le gaz carbonique, donne, prends, donne, prends... C'est sa manière de faire face à ces morceaux d'instants gâchés, définitivement perdus à acheter n'importe quoi dans les boutiques, à regarder n'importe quoi sur son smartphone, et si on les additionne, ça devient des pans entiers de vie.

Non.

Mieux vaut tout éteindre, la seule réponse possible. La seule qu'elle ait trouvée. Fermer les yeux et se boucher les oreilles. Retrouver le centre en attendant des heures meilleures et des jours plus heureux.

Une main se pose doucement sur son épaule. Ève tressaille, regarde l'hôtesse qui lui parle, n'entend pas. Elle ôte la mousse jaune fluo de son oreille, lui demande de répéter. La fille est grande, son corps effacé sous l'uniforme strict, le visage encadré par un voile élégant, une mèche noire vrillant sur son front, échappée, l'effrontée. Ses fossettes se creusent lorsqu'elle sourit et lui annonce que l'avion d'une autre compagnie prend le relais et que l'embarquement est désormais ouvert.

19

On lui a réservé trois nuits au Jumeirah Burj Al Arab ; tout le monde connaît cet hôtel en forme de voile en équilibre sur la mer, conçu par l'architecte anglais Tom Wright. Une *suite club* au 49e étage dont les baies vitrées à hauteur d'homme donnent sur l'océan et les plages de la ville.

Ève pénètre dans la chambre, dans son dos le bagagiste vide le chariot contenant ses affaires, les dépose dans le hall, s'incline légèrement et s'en va. La porte épaisse se referme dans un déclic feutré de prison dorée. Ève s'avance jusqu'au centre exact de la grande pièce, tourne lentement sur elle-même, voit au-delà des portes ouvertes les perspectives menant à la chambre à coucher et son lit à baldaquin, la salle de jeu avec le billard, la table ovale du salon et ses chaises en tissu, la salle de bains en marbre et son jacuzzi... Le mobilier, la décoration, les moquettes se conjuguent en palettes de bleu nuit, de violet, de rose, de pourpre, de doré et de blanc. Ameublement de contes de fées, chic-kitsch confortable, caricature de luxe, démesure d'impersonnalité.

C'est donc là qu'elle passera ses dernières nuits, dans l'ultime excès d'un cadre impersonnel et apparemment luxueux ; sans réelle élégance, sans la patine du temps ni la moindre trace de poussière, sans un détail qui indiquerait l'achoppement, la fausse note et le rire. Elle passera ses dernières nuits dans un décor sans plis ni replis – sans cœur pourrait-on dire –, lisse et tiède, dans le reproductible et l'indistinction que devient le monde.

C'en est à pleurer, et d'ailleurs, Ève pleure. Elle donnerait tout pour redevenir Nathalie Sauget, mais elle n'a plus rien à donner. Tout est dit, épuisé, surmené. Achevé. Ève-Nathalie pleure au sommet de cette tour de verre et de béton avec vue sur la mer. Elle est une parodie d'elle-même dans une parodie de décor. Une extravagance devenue une farce. Une étoile morte brillant par inertie. Elle est un artefact dans une maison de poupée.

Où c'est, chez toi ?

Où, Ève ?

Le téléphone sonne dans la suite.

Ève décroche.

Le concierge l'informe que Matt Mauser l'attend à la réception.

*

Ève et Matt sont attablés au *Gilt Bar*, l'un des neuf lieux de restauration de l'hôtel, le moins ronflant et prétentieux pour le service, le décorum et la cuisine. Ève s'est dépêchée de se rafraîchir et de troquer ses vêtements de voyage contre une robe légère vert pastel. Elle voudrait pouvoir porter des sandales, mais ce plaisir simple lui est interdit. Quant à Matt, il a dû faire un effort vestimentaire pour se conformer au *dress code* élégant et chic exigé par le lieu : *guayabera* mexicaine couleur crème, pantalon de lin de même couleur et sandales de cuir.

« Toi, tu peux, dit Ève.

— Oui, mais à quel prix ? J'ai les pieds gonflés d'eau et de cholestérol. »

Ils commandent deux *amarettos sour*, il est 15 heures, l'alcool est autorisé seulement dans les restaurants, bars et discothèques. Le soleil tape dur à l'extérieur, la température avoisine les 50°. Tous les deux ne savent pas quoi faire de leur après-midi en dehors de se voir et d'attendre.

« Tu as fait bon voyage ? demande Ève.

— Je suis arrivé ce matin.

— Ton hôtel est bien ?

— Tout est bien, rien n'est bien. Pourquoi tu m'imposes ça, Ève ? Cette ville, ces gens, ce climat ?

— Parce que j'ai besoin de toi.

— Tu te rends compte ? La Cop 28, ici ! Dans la ville de l'aberration écologique ! On dirait que personne ne voit qu'on se fout de notre gueule. Plus c'est gros, plus ça passe, nom de Dieu ! »

Matt a frappé sa grosse main sur la table, les olives tremblent dans leur coupelle et les amuse-gueules rebondissent dans les assiettes. Quelques clients se sont retournés. Ève pose doucement sa main sur celle, velue, de son ami qui se calme. Matt sort un large mouchoir en tissu de sa poche et s'éponge le front.

« Je ne suis pas censé transpirer avec l'air conditionné, Dubaï est un mirage, pour moi cette ville n'existe pas.

— Tu as le matériel ? l'interrompt Ève.

— Bien sûr. J'ai même la facture de 3 500 balles... À l'enregistrement, ils ont vérifié deux fois que ce n'était pas une bombe, je leur ai dit que j'avais des réparations à faire sur un bateau.

— Si tu ne l'avais pas, tu me le dirais, n'est-ce pas ?

— Ève, entre nous, c'est la transparence d'un lac de montagne.

— Clair !

— Je ne rigole pas. Pourquoi tu m'as fait apporter ce machin ?

— Je te remercie, Matt.

— Ça ne suffit pas. Qu'est-ce que tu as en tête ?

— Ça me regarde...

— Pas d'accord. Tu me demandes ce truc, ça me concerne. Tu veux lui percer le tympan ou quoi ? D'ailleurs, si je suis là, c'est bien pour t'empêcher de faire une connerie. Sur ça, on est bien d'accord, *n'est-ce pas* ?

— Tu es mon ange gardien et mon empêcheur de conneries.

Mais sache que, d'une certaine façon, ce que j'ai en tête te fera plaisir.

— Ouais. Je demande à voir.

— Tu verras, oui. Tu sauras tout du pourquoi du comment...

— Ne parle pas comme ça, Ève. Ne parle pas comme eux. L'uniformisation de la pensée fait baisser les compétences linguistiques.

— Ou l'inverse.

— Ces empaffés qui te disent " bonne dégustation " au lieu de " bon appétit ". Putain, je leur botterais bien le cul ! »

Ève se dit que Matt devient une bombe à retardement. Il ignore qu'elle est *sa* bombe à retardement à *elle*. Tout ça va mal finir.

Elle avale un blini et réprime un haut-le-cœur. Que fait un saumon au milieu du désert ?

« C'est quoi la suite du programme ? demande Matt.

— On vient me chercher dans une heure, j'ai rendez-vous avec un secrétaire de l'Émir qui m'emmènera à l'aquarium. Repérages et entraînement en piscine. Demain en matinée, je fais mon spectacle pour le prince héritier, je remets ça en soirée pour la cérémonie de clôture de la Cop...

— La clôture des bonimenteurs, ouais. Le grand final des costards cravatés et le lendemain tout le monde reprendra son avion et calculera son petit bilan carbone... J'aurais un autre nom pour définir ces hypocrites, mais je vais rester dans la bienséance. Et tu vas leur faire ton pipeau des sourires et des bisous bulles ?

— Oui.

— On a dénombré plus de deux mille lobbyistes des

énergies fossiles, à eux aussi tu vas leur faire le coup de la sirène endormie ?

— Oui, Matt.

— Merde, Ève... »

Mauser termine son verre, fait signe au serveur de lui en apporter deux autres.

« Pas pour moi, dit Ève.

— T'inquiète, je les boirai. »

Elle pose sa main sur le bras de son ami.

« Navrée, Matt. Mais c'est la seule façon que j'avais de pouvoir l'approcher. La grande Histoire croise la mienne, la toute petite, ma petite histoire personnelle à la con, *mon drame intime*. Je suis lâche, je sais, je fais comme la plupart, j'essaie de tirer mon épingle du jeu. Il faut que tu me pardonnes, Matt. Que tu me pardonnes par avance.

— C'est donc bien vrai, tu vas le rencontrer ?

— En chair et en os.

— Et ça va te mener à quoi ?

— Je n'en sais rien. Mais je veux le toucher, lui serrer la main. Regarder dans les yeux celui qui m'a fait ça.

— C'est tout ?

— C'est tout. »

Matt Mauser ne sait pas si elle ment. Il s'oblige à la croire. La vérité est un oscillomètre et on doit s'en accommoder.

« En fait, non, c'est pas tout, reprend Ève. L'Émir m'a proposé un contrat d'un mois pour faire la sirène dans le *mall* de Dubaï. J'ai refusé, prétextant un autre engagement. En réalité, ce sera ma dernière fois, Matt. Mon dernier spectacle. Après ça, j'arrête. Stop, fini. Tu vois, je ne suis pas si corrompue que ça.

— Arrête, j'ai pas dit ça. Tu es sûre ?

— De quoi ?
— D'arrêter...
— Absolument. Je vais me trouver un petit coin tranquille loin de tout, sans personne, sans bruit. Un genre de bicoque de l'autre côté du Styx, tu vois ?
— Très drôle.
— Qu'est-ce que tu en penses ?
— Tu ne voudras plus te venger ni rien ? »
Ève acquiesce.
« Alors, c'est un bon choix... Merde, voilà que je parle comme un chef indien... »
Ève rit, lui demande :
« Et toi ? Qu'est-ce que tu vas faire pendant ce temps ?
— Je sais pas, skier ?
— T'es sérieux ?
— Sérieux comme de la neige sous cloche en plein désert. J'étais bon dans ma jeunesse, très bon même. »
Le serveur arrive avec le cocktail qu'il pose sur le napperon, repart après une courbette et un « *please sir* » ouaté.
« Tu sais que l'on confisque le passeport de la plupart du personnel et des travailleurs dans ce pays ? Les domestiques et ceux qui font des tâches humbles sont carrément des esclaves.
— Faut que j'aille me préparer. Je te laisse avec ton indignation.
— Je suis bien accompagné, ouais. On mange ensemble ce soir ?
— Bien sûr. Mets l'addition des cocktails sur ma chambre.
— Sa Majesté couvre tous les frais ? Un vrai gentleman...
— Et mon paquet ?
— Je l'ai fait déposer dans ta chambre.
— C'est toi le gentleman, Matt. »

*

Dubaï Mall.

Coût de la construction : 20 milliards ($).

Le plus grand centre commercial du monde.

Shopping et divertissement.

Chiffre d'affaires global de 679 millions ($) par an.

1 124 millions de mètres carrés, dix fois la surface du Vatican.

Un des bâtiments les plus visités de la planète avec des pics à 105 millions de visiteurs par an.

350 000 m^2 de surface commerciale.

1 200 magasins.

22 salles de cinéma.

200 lieux de restauration.

14 000 places de stationnement sur 3 parkings.

Une patinoire olympique.

Un aquarium et un zoo sous-marin, contenant :

10 millions de litres d'eau et plus de 33 000 espèces d'animaux aquatiques. Le zoo sous-marin est divisé en trois zones : Forêt tropicale, Littoral rocheux et Océan vivant.

L'aquarium bénéfice d'un certificat d'excellence pour sa qualité et son entretien.

Tant mieux, tu ne nageras pas en eaux troubles, Ève.

Tu sais exactement de quoi il retourne.

Où tu es.

Ce que tu fais.

Pourquoi tu le fais.

Une attention particulière à son égard – et ça, elle doit admettre que c'est un joli coup de pouce, un de plus : on a fermé l'aquarium au public pour qu'elle puisse répéter son numéro. Les astres s'alignent, comme on dit, et dans ce cas, il n'y a qu'à enfiler son casque et sa combinaison d'astronaute. Pour elle, c'est une queue et un bustier en silicone orné de faux coquillages.

Ève sort de son coffret l'appareil que lui a apporté Matt, vérifie le chargement des deux batteries, referme, range le coffret en plastique et son contenu dans un sac étanche.

Une fois prête, elle avertit le gardien qui vient la chercher dans le vestiaire. Il ne la porte pas dans ses bras, mais la pousse sur une chaise roulante jusqu'au bord du bassin ; ici un homme ne touche pas une femme dans l'espace public. Moins romanesque, plus *safe*. Elle se laisse conduire, le sac sur ses cuisses, l'homme ne se méfie pas, suppose que ce sont des affaires personnelles qu'elle emporte habituellement avec elle au bord du bassin. D'ailleurs, si on était dans sa tête, on saurait qu'il ne songe même pas à se poser la question. Là où ça devient plus délicat, c'est lorsqu'elle s'apprête à pénétrer dans l'aquarium.

Un plongeur l'attend pour l'escorter dans les profondeurs. Il l'informe sur les différents types de requins présents ainsi que sur les raies dotées d'un aiguillon venimeux. Le plongeur, un Australien prénommé Steve, lui rappelle de ne pas s'approcher des requins, lesquels, s'ils se sentent harcelés ou acculés, peuvent devenir agressifs. Ève lui dit de ne pas s'inquiéter, elle connaît cette faune, l'a étudiée et la pratique régulièrement en vase clos.

« Vous pouvez me laisser seule, Steve ?

— Je ne peux pas, *sorry*. Je dois rester près de vous en cas de problème, ce sont les consignes de sécurité. Je me mettrai dans un coin, vous ne me verrez même pas, *no worries*. »

Ève n'insiste pas.

Laisse son sac au bord du bassin.

C'est un imprévu dont elle essaie de faire abstraction.

Un vrai, un grand, un immense imprévu qui devient un problème.

Les astres alignés, tu parles, *bullshit*.

Mais c'est une professionnelle.

Elle fait le vide dans sa tête, respire, prépare son corps avant de s'immerger. Elle prend tout d'abord connaissance de son milieu, largeur (51 mètres) et profondeur (20 mètres) de la partie de l'aquarium où elle se produira, s'engouffre dans le tunnel de verre long de 43 mètres où une partie du public pourra lever la tête pour la voir nager comme si elle volait au-dessus d'eux.

Elle remonte à la surface, fait le plein d'oxygène. Dans sa cage thoracique, des pointes de douleur – du moins de gêne –, à l'inspiration surtout. Elle les ignore, y retourne et répète son numéro : déplacements, ondulations, poses, sourires, mouvements des bras et des mains de danseuse orientale (donner une touche de culture locale). Pour la première fois, elle doit tenir compte de la tridimensionnalité de son spectacle, l'aquarium est de forme convexe et dessine comme une large protubérance à l'intérieur du *mall*. Il faudra qu'elle pense à bien impliquer tous les spectateurs, qu'elle soit leur sirène à tous, que le souvenir qu'elle leur laissera les marque à jamais.

Pour ça, ils peuvent compter sur elle.

Il lui faut juste résoudre ce problème de coffret.

Elle marque plusieurs pauses durant sa préparation, va crescendo pour les minutes en apnée, force son corps qui rechigne, jusqu'à terminer à bout de force agrippée au bord du bassin, sa poitrine avalant tout l'air possible comme un bébé à peine venu au monde.

« *Impressive*, s'exclame Steve, *You're so great, waouw !* »

Dans le vestiaire, elle range le coffret sous clé dans le casier qui lui a été attribué. Après s'être déshabillée, Ève rampe jusqu'à la douche, glisse sur les carreaux blancs immaculés. Elle n'a plus la force de marcher sur ses mains, ses bras sont des nœuds de douleur. Et puis, elle n'est pas là pour rigoler.

Elle se réchauffe longtemps sous l'eau brûlante. Soudain, elle se met à tousser et crache du sang, des caillots sombres, épais, se mélangeant au mucus et aux glaires. Dilué par l'eau, serpentant jusqu'à la bonde, le sang mélangé aux fluides fait des deltas et apparaît *impressive*.

Depuis son accident, ce n'est plus comme avant.

Ô non.

Le bout du rouleau.

Waouw.

*

De retour à l'hôtel, Ève se fait livrer une corbeille de fruits frais qu'elle dévore encore en peignoir à la table du salon. Elle se met du jus partout autour de la bouche, sur le cou, ça coule sur son ventre et dans son nombril. Elle est prise d'une frénésie de sucre, sa langue est un pain de sel.

Collante, humide et rassasiée, elle se rince rapidement sous la douche, se sèche, ferme les rideaux de sa chambre. Elle ôte ses prothèses et s'écroule sur le lit moelleux, s'enfonce dans le sommeil, un tunnel avec des flashs de lumière, rêves brefs dont elle ne se souviendra pas. On la regarde dormir, son corps exsangue, son corps bronzé, on n'imagine pas un vampire couleur caramel. C'est en dessous qu'elle est pâle, et morte sous la peau.

La sonnerie insistante du téléphone la réveille, elle finit par répondre.

C'est Matt, bien sûr.

Elle n'a personne d'autre au monde.

*

Matt qui a organisé un tour en limousine *Dubaï by night*.

« Faut qu'on la voie, Ève. Faut qu'on la voie de nos propres yeux. »

Ils s'enfoncent dans les sièges moelleux de la Lincoln Town dont les vitres polarisées rendent la nuit plus sombre encore.

Voir de leurs propres yeux l'ancienne ville de pêcheurs devenue métropole de la démesure : la Sheik Zayed Road et ses huit voies, son flux de trafic ininterrompu dans les deux sens, les plages et les îles artificielles, le record mondial de dix-huit gratte-ciel atteignant 300 mètres, le Burj Khalifa, tour la plus haute du monde, 828 mètres... La voix artificielle sensuellement modulée s'échappe en anglais des enceintes de la limousine, le tour prévoit une heure trente de déambulation. Après vingt minutes, Matt demande au chauffeur de les ramener à l'hôtel.

« *You don't like Dubaï City, sir* ?

— *I don't feel well* », prétexte Ève.

Que peut-on espérer raconter d'une virée en limousine à Dubaï ?

Rien.

J'ai cherché, pourtant.

Rien.

Que peut-on dire d'un tel paysage au-delà d'une promotion touristique?

Rien.

De ce qu'on peut voir sur YouTube et qui nous dit déjà tout? De ce qui est la surface, rien que la surface, et sans profondeur réelle?

Rien.

Tout ce qui ne s'achète pas: l'épaisseur du temps, sa lenteur, ce qui se construit jour après jour, un livre, une ville, une vie.

Tout.

Ils se sentent penauds, Ève et Matt, dans l'indifférence réciproque entre un lieu et ses personnages. Le chauffeur les dépose après avoir emprunté le pont menant à l'hôtel. Matt et Ève remercient et la limousine s'en va. Ils pourraient déambuler sur l'île artificielle, en faire le tour, et puis recommencer. Ils décident de s'asseoir sur deux chaises longues face à la piscine et au golfe Persique.

Matt allume deux cigarettes, en donne une à Ève qui inspire une bouffée les yeux fermés. Elle ne devrait pas, elle s'en fout et tousse.

« Ève?

— Oui?

— Tu te posais la question de savoir où c'est chez toi. Eh bien, je crois qu'on est chez soi quand les gens dont on partage la vie nous comprennent sans que l'on ait besoin de se justifier. Et je crois qu'on devient des étrangers là où on ne comprend plus les raisons de tes choix ou ce que tu penses. Bref, quand on ne te comprend plus dans ta propre langue. Et je crois que c'est ce qui m'arrive: je suis en train de disparaître progressivement, je me dissous. C'est ça, mon lieu maintenant, la solitude, conclut Matt.

— Le nôtre », répond, Ève.

Ils finissent de fumer, jettent leurs mégots dans un cendrier sur pied, se lèvent. Ève prend la main de Matt et ils marchent ainsi jusqu'à l'entrée du gigantesque édifice. Dans leur dos, le bruit du ressac et, dans le lointain, celui de la circulation perpétuelle. Une fois dans le hall, ils se donnent rendez-vous pour le lendemain matin et se disent bonne nuit.

Ah, oui. Juste avant, Ève demande à Matt de lui rendre un dernier service : occuper Steve pendant qu'elle cachera le coffret.

Bien sûr, elle ne le lui dit pas comme ça.

Elle n'utilise ni le mot « dernier » ni « cacher » ni « coffret ».

Elle a un peu honte de le manipuler ainsi.

Il est possible que dans l'autre, on se regarde.

Et Ève se demande ce que Matt voit de lui en elle.

20

Il s'agit d'en finir, allégée de tout.

C'est un jour à la fois grandiose et funeste.

Le début de la fin, comme on dit.

Un jour long qui se terminera avec la nuit. On est arrivés jusqu'ici avec elle et, apparemment, on l'accompagnera jusqu'au bout.

You'll never walk alone, Ève.

La Mercedes sombre la dépose dans le parking souterrain du *mall*. Le garde du corps assis à côté du chauffeur vient lui ouvrir la portière tandis que Matt descend tout seul de son côté. Le détective a enfilé un des deux costards qu'il possède, celui d'été en lin, beige et froissé. Il s'en fout de paraître encore plus gros dans des couleurs claires. Il a toujours éprouvé une sorte de mépris envers les *fashionistas* et les couturiers. Surtout ceux que l'on compare à des artistes. Matt est le Schtroumpf grognon et les seules choses qu'il aime sont hors de sa portée ou n'existent plus.

Ève et Matt sont accompagnés dans les méandres du bâtiment par le secrétaire de l'Émir – descendu de la voiture derrière la leur, ainsi que trois gardes du corps. L'ascenseur les emmène au dernier étage du *Dubaï Mall*, dans une suite privée habituellement destinée à la location pour des réceptions *all inclusive* (buffet, service-traiteur et escortes).

On fait patienter Ève et Matt dans une pièce décorée de meubles massifs et pompiers, aux murs tapissés de soie rouge. On leur a proposé des rafraîchissements, Ève a décliné, Matt a demandé un double espresso. Auparavant, on a tout de même pris soin de les fouiller comme dans un film sur la mafia, ça a fait sourire Matt tandis qu'une femme de la sécurité s'occupait d'Ève. Ils se sont regardés et Ève a haussé les épaules.

À présent, ils attendent assis, enfoncés dans les coussins d'un divan immense et trop confortable. Aucune fenêtre, seul le ronronnement de l'air conditionné et une discrète caméra de vidéosurveillance au plafond.

« Ça y est, c'est le grand moment, fait Matt. Je ne te demande pas comment tu te sens ni pourquoi tu as tenu à être ici aujourd'hui ?

— Demande pas, non.

— Tu es sûre que tu ne veux pas que je t'accompagne ?

— Il n'y a pas d'autre façon, Matt. »

*

Une femme voilée en tailleur bleu marine vient chercher Ève. Sourire affable, voix douce, gestuelle mesurée. Ève l'accompagne de son pas incertain, traversant la vaste antichambre de la suite les menant à l'Émir. Là encore, plusieurs hommes en costume sombre et oreillette patrouillent et font bonne garde. L'hôtesse précise que c'est un honneur de pouvoir rencontrer son Altesse. Il est non seulement l'héritier d'une longue dynastie, un homme d'affaires parmi les plus riches du monde et un chef d'État, mais également un artiste peintre exposé dans une prestigieuse galerie de New York. L'hôtesse l'informe également de quelques détails protocolaires, le temps d'arriver devant la porte derrière laquelle l'attend celui qui lui a tout pris.

L'hôtesse frappe trois coups brefs, un nouveau secrétaire ouvre la porte : petit, portant une barbichette et un costume taillé sur mesure. L'homme adresse quelques mots en arabe à l'hôtesse qui prend congé, et invite Ève à le suivre.

La salle est fraîche et baigne dans la pénombre. Ève accommode son regard. Tout au fond, installé sur une méridienne, se trouve l'Émir éclairé par le halo d'une lumière tamisée.

Seul.

Immobile.

Une corbeille de dattes posée sur la table basse.

Un tableau, une vanité.

Ève s'approche, l'homme la présente à son Altesse.

Vêtu de sa gandoura cousue de fil d'or, foulard fixé sur la tête par l'agal, barbe impeccablement taillée. Il porte des lunettes de soleil noires. Son visage est pâle, les traits sont secs et fins. Ève ne peut pas le savoir, mais il n'a plus rien du jeune homme bouffi et arrogant d'alors. Il a perdu 25 kilos, est devenu un cavalier et un sportif émérite. Ève remarque une grosse Rolex en or sur son poignet gauche, une chevalière montée d'un énorme rubis autour de l'annulaire de la main droite. Sans doute les seules fautes de goût dans ses manières irréprochables. Il se lève pour accueillir son invitée, lui faire un baisemain et l'inviter à s'asseoir sur l'un des fauteuils à disposition. L'Émir a étudié à Oxford, a succédé à son père, est devenu ce qu'il est, et non plus un simple adolescent attardé, capricieux et égoïste.

Mohammed ben Butti ben Suhail a gagné beaucoup en sept ans.

En maturité, en beauté, en pouvoir.

On sait tout ce qu'a perdu Ève.

« Je vous remercie d'avoir accepté mon invitation, dit l'Émir dans un anglais à l'accent *british*. J'espère que vos attentes sont comblées. Toutes vos attentes.

— Absolument, votre Altesse.

— Aimez-vous Dubaï ?

— Oui, beaucoup.

— Ah, cela me ravit.

— C'est moi qui le suis.

— Êtes-vous bien au courant du déroulé de votre journée ?

— Tout est clair, oui.

— Je n'ai pas le temps de m'entretenir davantage avec vous aujourd'hui. Mais je tenais à vous rencontrer. Nous nous reverrons ce soir après votre spectacle. Et demain, vous serez mon invitée pour la journée. Je vous ferai visiter mon haras et des merveilles que les simples touristes ne voient jamais.

— Je remercie votre Altesse. »

Mohammed ben Butti ben Suhail s'est bonifié en sept ans. Mais surtout, il est devenu père :

« Bien, mademoiselle. Une dernière chose. Mon fils croit que vous êtes une vraie sirène. Ce matin, vous allez lui donner ce spectacle, pour lui, et lui seul. Donnez-lui ce qu'il attend et même un peu plus, voulez-vous ? Je saurai vous remercier à la hauteur de son émerveillement.

— Comment s'appelle votre fils ?

— Rachid ben Butti ben Suhail.

— Je donnerai le maximum, comme s'il s'agissait de mon propre enfant.

— Cela me touche, dit-il en posant une main sur son cœur. Vous avez aussi un fils ?

— Une fille. Elle a eu sept ans.

— Je vous remercie, Ève.

— Altesse ? J'ai une requête, une seule, à vous demander.

— Allez-y, je peux presque tout.

— Je voudrais voir vos yeux. »

L'Émir est surpris. Il hésite. Parfois, les choses les plus simples sont les plus difficiles à obtenir.

« Mes yeux ?

— S'il vous plaît, oui. »

L'homme sourit, s'exécute et ôte ses lunettes Cartier.

« Vous voyez, dit-il en soutenant son regard, ils n'ont rien de particulier.

— Pour moi, si. Merci pour ce cadeau. Vous avez les plus beaux yeux du monde. »

Elle pourrait le tuer là, elle aurait pu prévoir de cacher une lame de rasoir dans sa bouche, se pencher en avant et lui trancher la carotide. Elle n'aurait jamais pu, elle en est incapable. Et puis, de toute façon ce ne serait pas suffisant.

L'Émir sourit, chausse ses lunettes et la congédie, la main à nouveau sur le cœur.

« À ce soir, mademoiselle. Moi aussi, je me réjouis de vous voir nager dans mon aquarium. »

Le secrétaire réapparaît, emmène Ève hors de la pièce, et c'est tout.

*

Matt Mauser ne lui a posé aucune question. Tous les deux sont restés silencieux durant le trajet en voiture les menant au Dubaï Mall. Avant d'entrer dans le vestiaire pour se changer, Ève a rappelé à Matt ce qu'elle attendait de lui.

Et à présent qu'elle se prépare, suivant ce qui est devenu son rituel, face à l'image que lui renvoie le miroir, elle est forcément déçue comme à chaque fois qu'on a obtenu ce qu'on a trop désiré. Elle pense à Jay, à cette inadéquation qui parfois se manifeste entre l'attente et l'assouvissement. Elle songe à l'imposture qu'elle est devenue à ses propres yeux, à la honte d'être ce qu'elle est devenue. Au pardon et à la vengeance. Aux deux pôles extrêmes que sont l'amour et la haine. À l'impossibilité de sortir de soi, de s'extraire de la gangue de l'âme quand l'âme est damnée.

Ève frissonne, son eye-liner résistant à l'eau dérape sur sa paupière, et elle doit recommencer.

Une fois prête, elle frappe à la porte et le gardien l'emmène sur la chaise roulante jusqu'au bassin. Matt Mauser a parfaitement exécuté ce qu'elle lui a demandé. Je crois qu'il s'est arrangé pour vider la bouteille d'oxygène du plongeur, c'est ce qu'Ève présume puisque Steve lui demande de l'attendre avant de s'immerger dans le bassin, il ne comprend pas ce qui s'est passé, il se dépêche et revient tout de suite.

Bien sûr, Ève ne l'attend pas, sort le coffret du sac étanche et descend au fond de l'aquarium pour le cacher sous un des rochers de pacotille. Elle en profite pour coller son visage sur la vitre, deviner le hall immense et vide, avec un seul fauteuil posé au milieu, pour le seul spectateur que sera l'enfant.

Oui, elle donnera le meilleur d'elle-même.

Lui donnera tout ce qu'elle peut.

L'enfant ne la verra pas pleurer sous l'eau.

Et il ne l'oubliera jamais.

Mais pour d'autres raisons.

Perpétuer l'espèce et la tragédie.

Émerveillement et terreur, Rachid.

De l'amour à la douleur.

*

De retour dans sa suite, Ève trouve cent roses Baccara disposées dans des vases à l'entrée. Dans l'enveloppe qui les accompagne, un mot de l'Émir et un chèque de 20 000 dollars en sus de son cachet. Il semblerait que le petit Rachid ne parle que de la sirène depuis qu'il l'a vue, le père Noël peut aller se rhabiller.

Elle a tenu sa promesse faite à l'Émir pour son fils.

Maintenant, il reste celle qu'elle s'est faite à elle-même.

Ève sourit, l'odeur des fleurs est entêtante. Elle se demande comment devait se sentir Judas avant de trahir le Christ. En réalité, c'est une fausse question posée au mauvais endroit. Judas s'est sacrifié pour que Jésus puisse ressusciter, prenant sur ses épaules, et pour l'éternité, le parjure et l'exil. Il devait lui vouer un amour fou, inconditionnel. Difficile de faire mieux dans le sacrifice de soi. Et toi, Ève, quel est ton amour inconditionnel ? Qui aime-t-on quand on est seule comme une chienne mordant la chienne de vie ?

Matt, peut-être. Sans doute. Parce que le seul, le dernier qui reste.

Le seul qu'elle peut et qu'elle s'apprête à trahir.

Qu'elle doit trahir.

Au point où elle en est, la damnation est l'ultime étape d'une existence qui a foiré, hachée menu sous la tôle d'une Lamborghini *Veneno*.

Et pour le trahir, elle use du banal subterfuge du corps et de la sensualité. Matt accourt portant une chemise en imprimé léopard achetée dans une des boutiques Fendi de l'hôtel, un pantalon crème repassé par le service d'étage, ainsi qu'une nouvelle coupe de cheveux proposée par Miguel au salon *Posh by Feryal*, le tout payé par l'Émir et ça le fait bien rigoler. Matt est un petit, un prolétaire, on a les victoires qu'on peut et il ne faut pas les sous-estimer.

En ouvrant la porte à Matt, Ève lui dit :

« Tu as l'air un peu con, mais ça te va bien. Entre.

— Rien de pire qu'un gaucho-anar qui se lâche dans une boutique de luxe. On se sent un peu honteux de dire qu'on y a pris du plaisir. »

La suite du programme est la suivante : Ève doit se rendre à l'aquarium accompagnée de Matt à 20 heures, spectacle à 22 heures. Tout le Beau Monde des invités de la Cop 28 – chefs d'État, entrepreneurs, lobbyistes et pique-assiettes – boira son champagne et assistera au spectacle de la Sirène, celle de *Stop ocean garbage*, une sorte d'égérie qui n'en est pas une, pour la bonne cause et pour la beauté du geste.

Ensuite, le Beau Monde quittera le *mall*, et se déplacera au palais de l'Émir, pour une soirée qui se prolongera dans les festivités et la danse, et plus si entente. C'est qu'ils auront besoin de décompresser après avoir proclamé le « début de la fin » des combustibles fossiles et décidé de limiter à 1,5° l'augmentation de la température d'ici 2030.

Ève a fait monter dans sa suite un petit buffet, avec une Veuve Clicquot millésimée dans un seau à glace.

« Tu ne vas tout de même pas boire avant ton spectacle ? demande Matt.

— Deux coupes, pas plus. Il est 18 heures, j'ai amplement le temps d'éliminer avant ce soir. Quand j'étais en équipe de natation synchronisée, je pouvais même passer une nuit blanche avant une compétition... »

Matt ne relève pas, ça n'aurait pas de sens. Et Ève sait très bien qu'elle vient de dire une connerie. Elle était jeune et tout était possible. Pour la première fois, il y a comme une gêne entre eux, comme s'il fallait meubler un silence qui pèse soudain de tout son poids.

Ève conduit Matt dans le coin du salon où sont empilés des tas de coussins autour d'une table basse remplie de victuailles. Il y a trop à manger, bien sûr, mais elle souhaite offrir comme un banquet en l'honneur de son ami. Elle s'assied, ôte ses prothèses et replie ses moignons en position du lotus. Matt s'installe à son tour, il est incroyablement souple pour son gabarit, un peu comme les sumos. Une fois assis, son énorme ventre s'étale sur ses jambes. Une bête endormie, docile. Là où on la pose, elle reste tranquille.

Ève débouche le champagne, remplit les verres.

« Santé, Matt. Allez, vas-y, pose-moi la question...

— Je peux ?

— Oui.

— Comment tu te sens ?

— Comme une voyageuse dans le temps. Je me suis dématérialisée, Matt. L'Émir était là, mais ce n'était pas lui, ce n'était pas cet homme-là, celui que je m'étais imaginé.

— Pourtant, il n'y a aucun doute.

— Ce que je veux dire, c'est qu'on n'est jamais les mêmes, que nos vies sont des superpositions de nous-mêmes. On est des strates, rien n'est valable tout le temps.

— Oui, mais toi ?

— Tu as entendu parler de Jeff McBride ?

— Le magicien ?

— Un de ses spectacles les plus connus est celui des masques. Il y a un moment, à la fin, le numéro paraît si évident que personne ne se demande comment il a fait ça. En réalité, si tu prends deux minutes pour y réfléchir, c'est dément, c'est un tour que même les autres magiciens n'ont jamais pu comprendre. Un jour, il a décidé de leur expliquer, il leur a dit : OK, je vais vous montrer ce putain de truc. Et tu sais ce qu'ont répondu ses collègues ? Je ne te parle pas du quidam, mais des meilleurs magiciens au monde. Ils ont répondu : pas question. On ne veut pas savoir, on veut garder le mystère... »

Matt Mauser l'observe sans comprendre.

« Ce que je veux dire, c'est qu'on devrait faire pareil avec son bourreau : ne jamais le rencontrer. Une fois qu'il est devant toi, si commun, banal, si *humain*, bordel, tu te sens comme spoliée et incapable de vengeance... Voilà, Matt. C'est tout, il m'a même pris ça, j'ai vraiment tout perdu, je me sens vidée. »

Ève boit son champagne d'un trait, pose la coupe sur la table basse.

« Tu as fait comme je t'ai dit, Matt ? Tu as déposé l'argent chez le notaire pour que Maëva puisse le toucher à ses 18 ans ?

— Dis-moi, t'as quand même pas l'intention de faire une connerie, hein ?

— Si, Matt, mais pas celle que tu crois... »

Ève se penche et l'embrasse sur la bouche. Elle doit forcer un peu avec la langue, Matt a oublié comment on fait, c'est un réapprentissage. Ève dicte le rythme de ce baiser. Matt recule soudain son visage : « Non, Ève, je suis un monstre, aucune femme...

— Va dans la chambre, Matt, et couche-toi dans le lit, on verra bien ce dont sont capables deux monstres.

— Ève, toi tu n'es pas...

— S'il te plaît, Matt, j'en ai envie. »

Mauser se lève, on dirait un somnambule, Ève chausse ses prothèses.

« Déshabille-toi, Matt. Tu vas froisser tes beaux habits, sinon. » Elle rit, et Matt se dit que, finalement, il faudrait se laisser aller. C'est peut-être elle qui a raison, même si son flair lui pique les narines, suggère que tout ça pue l'arnaque.

Il sort de la pièce, n'écoute pas son intuition, n'ose pas se retourner de peur de rompre le charme.

Il aurait dû.

Ève remplit les verres de champagne et verse deux petites fioles de GHB dans celui de Matt.

Deux, parce que Matt Mauser pèse 130 kilos, mais pas trois parce qu'il a le cœur fragile.

Et ça lui brise son cœur à elle, de faire ça.

Faire le mal pour un bien supérieur.

On peut comprendre ça.

Après coup, bien sûr.
Seulement après.
Et encore.

Alors, quand ils trinquent une nouvelle fois, Matt est couché dans le lit, cachant sous le drap la graisse qui déborde, son sexe disparaissant dans les replis de son ventre et de ses cuisses. Ève repose son verre et elle l'embrasse encore et s'allonge à ses côtés, Ève joue la comédie de la parade nuptiale. Ses prothèses se cognent aux genoux de son ami, ami dont la respiration ralentit progressivement – la sensation de chaleur décuple et le fait transpirer abondamment, ses mouvements deviennent plus saccadés, sa fréquence cardiaque diminue –, Matt Mauser comprend, comprend tout, comprend soudain qu'il s'est fait avoir comme un bleu. « Ève, pas toi, non... ! »

Il essaie en vain de s'accrocher à elle, de l'empêcher de quitter le lit. Il se dit que le poids de son corps inerte sur elle pourrait encore la retenir et l'empêcher. Ses grands yeux à elle le regardent, les larmes inondent son visage tandis qu'elle lui caresse la joue.

« Pardonne-moi, Matt, pardonne-moi si tu peux... »

Et Matt Mauser s'effondre dans le duvet moelleux, sombre dans le G-Hole, le trou noir nauséeux et chimique d'une drogue de synthèse.

Ève ôte la main moite de sa cuisse, se dégage de l'autre bras qui a essayé de la retenir. Elle se lève et recouvre le corps de son ami avec la partie du duvet disponible, il a l'air d'un hot-dog, d'une baleine échouée dans un hot-dog.

Elle ne peut s'empêcher de sourire de le voir ainsi, son sourire au milieu du carnage à venir ; elle vérifie son pouls, essuie la bave autour de sa bouche avec le drap.

Ève se rend dans la salle de bains, se brosse les dents, boit deux verres d'eau. Retouche son léger maquillage, se coiffe. Elle se sent comme une putain après sa première passe, un peu dégoûtée et déçue d'elle-même, consciente d'avoir franchi une limite au-delà de laquelle on ne revient pas.

Sur la table du living, elle éteint son ordinateur. Fait pareil avec son téléphone. Elle avait promis qu'elle éteindrait tout. La seule réponse qu'elle ait trouvée pour faire face à la spirale des folies.

Le bruit/silence et la fureur/paix.

Rappelle-toi : on respire et puis on ne respire plus.

Elle regarde autour d'elle, n'emporte rien, tout son matériel se trouve déjà sur place, dans son vestiaire. Elle appelle le numéro de son chauffeur privé et quitte la suite sans se retourner.

*

Cop 28.

116 pays invités.

88 000 participants.

2 456 lobbyistes des énergies fossiles.

20 000 personnes dédiées au déroulement de la manifestation.

On se reverra l'année prochaine pour en reparler.

En attendant, ce soir, plus de cinq cents invités triés sur le volet pour la soirée de clôture.

Ils sont tous là.

La Confrérie des Trous du cul.

L'autre versant du sommet de Davos.

Sauf qu'à Davos, il n'y a pas d'aquarium contenant 10 millions de litres d'eau.

Ève répète une dernière fois son rituel dans l'anonymat d'un vestiaire de piscine, luxueux, certes, mais ce n'est pas pour autant une loge ni les velours de la Scala de Milan. Elle n'entend pas non plus le lointain brouhaha du public ni les musiciens accordant leurs instruments. Il n'y a pas l'aura de magie ni l'excitation liée à une salle de spectacle séculaire, les atomes des âmes dans les grains de poussière, les haleines chaudes et les rires étouffés, les discours feutrés, le grincement des strapontins et les loupiotes des placeuses, le faste des smokings et des robes élégantes... Il y a des complets-vestons et des tailleurs standards, des voix résonnant trop fort sous la voûte d'un centre commercial, des badges autour du cou précisant nom, prénom et fonction.

Ce n'était pas mieux avant. C'est pire maintenant.

Ève termine de se maquiller dans le silence d'un tombeau. La vengeance ne peut qu'emporter le vengeur. Ce que tu ne sais pas, Matt : Styx est une Océanide dont le nom signifie *haïr* en grec ancien.

Et je hais tellement qu'il n'y a que la mort qui m'apaisera.

Ce n'est pas vrai ce que je t'ai dit, Matt.

La haine est là, intacte, puissante, rayonnante : une haine brillant de mille feux.

C'est moi qui m'éteins, qui pâlis, qui m'effondre.

Pas ma haine.

Ève repousse sa chaise, se regarde une dernière fois nue devant le miroir.

Ce corps, ses détails, cette étrangeté à soi-même.

Elle se rassied, détache ses prothèses – j'ai cherché, il n'existe pas de synonyme pour ce mot, c'est ta croix, Ève –, attache ses jambes l'une à l'autre avec le gros adhésif, rampe jusqu'à la douche pour se mouiller, rentre son ventre et se moule dans sa queue de sirène qui la serre davantage. Peut-être qu'elle a pris un petit kilo ou alors ce sont les ballonnements dus au champagne. Elle s'est un peu laissé aller ces derniers temps, le cœur n'est plus à l'ascèse ni aux sacrifices.

Ève aussi est fatiguée.

Elle revêt son bustier de faux coquillages, ajuste ses seins à l'intérieur et s'envoie un dernier baiser dans le miroir.

Tu finiras en beauté.

Moi, je suis une sirène.

Et vous, vous êtes quoi ?

*

Le tumulte est tout de même palpable. Un demi-millier de personnes, ce n'est pas rien. La clameur se répercute dans la salle, traverse l'épaisse vitre de l'aquarium, remonte des profondeurs vers la surface comme un remugle de voix, de rires et de paroles. L'eau mousse légèrement, fait des vaguelettes à la surface, filtres et turbines la maintiennent propre et la température constante. Le bassin est une étuve, dégage une odeur sauvage malgré l'entretien méticuleux, cet univers du dessous toujours inquiétant et jamais totalement apprivoisé. C'est peut-être le silence des poissons, cette forme de surdité captant les ondes qui nous traversent.

Ève se mouille encore la nuque, les aisselles, le ventre. Entame ses exercices de respiration. Steve lui souhaite bonne chance, il ne sera pas dans le bassin pour le spectacle, seule entorse au règlement, mais on est bien d'accord, ça ôterait toute la magie au spectacle. Il se tient prêt à intervenir depuis là-haut, suivant les mouvements de la sirène sur un écran de contrôle. En cas de problème, il lui rappelle d'agiter les mains comme convenu et il viendra aussitôt la chercher.

Ève ne l'écoute pas, elle est déjà dans son monde comme le sont tous les plongeurs se préparant à une longue apnée. Ce soir, elle donnera son maximum, donnera tout, elle ira au bout d'elle-même, une destination lointaine et inconnue.

Les néons dans la salle aussi vaste qu'un hall d'aéroport s'éteignent. L'éclairage à l'intérieur de l'aquarium prend des teintes framboise et rose. Des enceintes, placées au-dessus du bassin, s'échappe le chant des baleines, ce déchirement provenant des entrailles de la mer. C'est elle qui a choisi la bande-son, les lumières, la chorégraphie.

Parce que dans rêve, il y a.

Elle fixe son pince-nez, inspire profondément et va.

Va, et donne-leur ce qu'ils veulent.

*

Quinze minutes.

Tout donner.

Annonce. Choc. Déni. Colère. Marchandage. Tristesse. Résignation. Acceptation. Reconstruction. (Destruction.)

L'heure de vérité.

Tout ce qu'on peut imaginer existe.

Et celui qui n'a pas d'épée, qu'il vende son manteau pour en acheter une.

Plonger, nager, onduler, vriller, sourire, distribuer des bisous, faire des cercles, saluer, jouer au milieu des requins et des raies... Mais les pires ne sont pas dans l'eau, les pires sont devant la vitre de l'aquarium.

Ève nage au-dessus du tunnel où les visages extasiés se

lèvent comme si elle volait en apesanteur, rejoint la partie la plus éloignée de la vasque, là où l'aquarium est convexe. N'oublier personne, sourire à tout le monde. Sous l'eau, elle a beau ne pas voir ce qui se trouve derrière la vitre, elle sait où il se tient, où est assis l'Émir vêtu de son habit blanc de Bédouin ; cette tache claire au milieu des costumes et des tailleurs sombres des spectateurs, tenues de larbins et de soumis, petits hommes et petites femmes au pouvoir plus ou moins étendu, petites femmes et petits hommes quand même.

Voilà, on y arrive, apprendre à finir : Ève termine par sa chute lente, son grand final tête en bas, jusqu'à poser son corps au fond de l'aquarium. Un requin-marteau vient l'effleurer, vérifier si elle est un festin de mort, la peau dure et rêche de l'animal frôle son flanc doux et tendre. Ève attend la dernière limite avant la suffocation pour remonter à la surface, où elle s'agrippe au rebord pour reprendre son souffle.

On entend un « tonnerre d'applaudissements » vibrer et remonter jusqu'en surface. Ève tousse, crache du sang comme une héroïne romantique, des glaires écarlates éclaboussent le travertin. Steve s'inquiète, ôte la bombonne de son dos.

« *Call a doctor* », dit Ève.

Steve court en direction du vestiaire pour aller chercher son téléphone.

Les applaudissements durent, le public veut un rappel.

Oui.

Va, et donne-leur ce qu'ils veulent.

Mais pas de la façon dont ils s'y attendent.

*

Ève redescend en piqué sans un seul regard vers la grande vitre de l'aquarium. Elle disparaît derrière le rocher où elle a caché le coffret, et réapparaît avec une perceuse Nemo Power Tools, munie d'un foret spécial Plexiglas de 18 mm, qu'elle enclenche à 5 000 tours/minutes. En trois coups de nageoire, Ève la Sirène rejoint la partie convexe de l'aquarium, là où la pression de l'eau est la plus forte.

Le foret ripe plusieurs fois avant de trouver son assise et de commencer à entamer, puis carrément à s'enfoncer dans la vitre. Grâce à l'eau froide, le foret ne surchauffe pas, pénètre docilement la matière, obéit aux impulsions que donne Ève à la machine, coups de nageoire constants pour fournir le maximum de force et de puissance à son geste. De l'autre côté du miroir, c'est d'abord la surprise, puis la stupéfaction lorsque le trou est percé et qu'un puissant jet d'eau salée se met à pisser sur le public. Derrière la vitre, on a tout compris : la folie du geste, ses conséquences, le raz-de-marée et la mort certaine. C'est la fuite généralisée, le chaos, la peur panique, les hurlements. On renverse les chaises et les tables, on tombe, on glisse, on brise les verres et les assiettes. Déjà, on se précipite dans les couloirs, on s'entasse aux étranglements, on se marche dessus, on se frappe, s'insulte, on se griffe afin d'atteindre en premier les portes de secours si lointaines, les autres deviennent l'obstacle, la menace, on se bat et on s'empoigne. Les gardes du corps de l'Émir sortent leurs armes et tirent en l'air pour tenter de se frayer un passage, sauver leur peau et celle de leur suzerain. Il n'y a aucun geste de bravoure, aucun d'eux, personne, l'atavisme l'emporte et bas les masques. La baie vitrée se fissure, des veines translucides se dessinent à toute vitesse sur le Plexiglas bleuté et, d'un point de vue extérieur, c'est de toute beauté, comme chaque fois que s'effondre ce qui devait durer.

Ève lâche la perceuse qui lentement coule et touche le fond. Ève fait un tour sur elle-même pour prendre son élan, il faut accélérer la destruction, prendre de l'avance sur le temps qui s'est alourdi, devenu pesant au point de s'arrêter. Ève est à moins de deux minutes en apnée, et pourtant les forces commencent à lui manquer, elle n'avait pas prévu l'effort intense que demanderait son geste, ou alors, c'est toute cette tension, cette fatigue soudaine et immense surgissant lors du moment de vérité, l'énergie et l'électricité qui nous quittent lorsque tout se révèle enfin.

Ève sent une main empoigner son épaule et l'attirer à elle, Steve cherche à la neutraliser, Ève est à bout de forces, sur le point d'imploser, qu'est-ce qui se passe, putain, que veulent ses poumons ? Elle trouve pourtant la lucidité de lui arracher son détendeur à oxygène et Steve tourne sur lui-même et panique. Ève prend enfin son élan, se déploie avec amplitude, rassemble tout ce qui reste de forces dans son corps pour donner un dernier coup de nageoire et aller frapper la vitre avec sa tête.

Le composite d'acrylique et de plexiglas cède, la béance s'élargit et fait exploser l'entière façade vitrifiée de l'aquarium, une gerbe d'eau océane se déverse sur les hommes, un dieu des mers vomissant ses créatures. Ève est la première à être expulsée dans le vide et à retomber lourdement sur le sol, à craquer de partout – sa nuque, son crâne, ses os, tout ce qui avait été reconstitué et qui se brise – et à mourir. Steve est un pantin désarticulé dont la vie s'achève quelques secondes plus tard, et puis tout le reste suit, emporté par les millions de litres que contient l'aquarium et le zoo sous-marin, les 33 000 espèces de méduses piranhas requins taureaux requins gris requins pointes blanches requins pointes noires requins guitares requins léopards requins marteaux tortues marines phoques otaries loutres raies manta raies pastenagues caïmans crocodiles araignées de mer trente-trois mille fois la nature docteur vous en vouliez la voilà rencontre du costard sapiens-sapiens avec le cerveau reptilien céphalopode vertébré voici le gluant le piquant le venimeux voici la morsure et le venin le dard et la mâchoire voici le carnage où les humains boivent la tasse ceux-là qui ont été insincères qui ont triché et menti la bouche pleine de discours de mensonges des dollars plein les comptes en banque leurs poumons remplis d'eau salée trente-trois mille fois la nature,

et une sirène

parce que dans rêve, il n'y a plus.

*

L'Émir flotte de longues minutes dans cette piscine improvisée, noyé dans l'apesanteur incongrue d'un centre commercial. Sa gandoura lui donne des airs de raie manta, majestueux et insolite – Ève aussi traîne quelque part au milieu des centaines de corps en suspension dans l'eau turquoise, ils ne se rencontreront plus, la fille au vélo, le prince en Lamborghini, même pas à la morgue, ils sont seuls, c'est passé, fini, achevé – jusqu'à ce que le poids de l'eau fasse sauter une à une toutes les portes du *mall*, de sécurité et automatiques, coupe-feu et coulissantes, isolantes et vitrées, portes dérobées et portes secrètes, et se déverse dans les rues de la ville.

Et quand toute l'eau sera évacuée, survivront les crocodiles et des animaux étranges dont je ne connais pas le nom.

21

Matt s'est réveillé peu avant l'aube. Nauséeux et mal en point. Il a vomi à plusieurs reprises, bu un bon litre d'eau avant de pouvoir se mettre à réfléchir. L'agitation dans l'hôtel lui a fait comprendre que le drame est joué. Il allume la télévision : il s'attendait à l'assassinat de l'Émir, et Ève avait créé le déluge.

Il ne peut s'empêcher de sourire, puis de rire carrément. Un rire jaune de bile, et il vomit encore.

Matt récupère les habits qu'il avait posés sur le fauteuil, la nuisette d'Ève tombe par terre, les vêtements nous survivent et c'en est triste à mourir.

Il descend dans le hall de l'hôtel, s'étonne de ce que la police ou n'importe quelle autre autorité ne soit pas encore venue le chercher ou fouiller la suite d'Ève. Mais peut-être qu'elle avait raison, qu'il navigue dans une de ces réalités parallèles où il n'y a de place que pour le Purgatoire et le Chagrin.

Il demande à la réceptionniste de lui appeler un taxi. Le taxi arrive et le dépose devant une agence de location de voitures.

Matt remplit les papiers nécessaires, donne sa carte de crédit, et on lui fournit un véhicule standard équipé de l'air conditionné.

« *A lot of traffic, circulation interrupted in many points* », lui dit l'employé.

Matt s'en fout et démarre, quitte la ville en ébullition, bande-son des sirènes d'ambulances, de pompiers et de police. Des soldats sont postés aux points stratégiques, les hélicoptères patrouillent dans le ciel, le périmètre du centre-ville est bouclé. Matt s'arrange pour éviter les grands axes, avance vers l'ouest, c'est-à-dire vers le Grand Jamais. Il a tôt fait de quitter le centre-ville, les constructions sont de plus en plus basses, l'ostentation des gratte-ciel cède le pas à des constructions en pisé couleur sable, puis des murets, puis plus rien, rien que l'horizontalité et les dunes.

Matt roule fenêtres ouvertes, allume cigarette sur cigarette, paiera une pénalité pour l'assainissement de l'habitacle, mais qui sait s'il rendra jamais cette voiture.

Le soleil est déjà haut, brûle la terre et le sable. La main gauche sur le volant, Matt cède enfin, et pleure.

Il pleure Ève.

Il pleure son amour perdu.

Il pleure la jeunesse et l'amitié.

Il pleure son corps autrefois sec.

Il pleure l'équité, la douceur et la mansuétude.

Les larmes ne s'arrêtent pas, coulent et l'aveuglent, alors il doit s'arrêter.

Il sort de la voiture, referme la portière et s'éloigne dans le désert.

Vaincu et soulagé d'avoir espéré et rien obtenu.

Il souffle, il transpire, son corps a mal.

L'air brûlant sèche ses joues humides.

Ses pieds s'enfoncent dans le sable.

C'est une longue traversée.

Voici ce qui t'attend, Matt.

Ce qui nous attend tous.

ACHEVÉ D'IMPRIMER
EN MAI DEUX MILLE VINGT-CINQ
PAR L'IMPRIMERIE FLOCH À MAYENNE.